Incident de personne

Eric Pessan

Incident de personne

ROMAN

Albin Michel

Et puis, d'ailleurs, est-il pour un homme
comme il faut, sujet de conversation
plus agréable que lui-même ?
Non, n'est-ce pas ?
Je vais donc parler de moi.

Notes du sous-sol,
FEDOR DOSTOÏEVSKI

1

Prenant place à mes côtés vous avez penché votre buste, votre visage était absent, votre regard perdu, vous ne m'avez offert que la fugitive vision de la dentelle recouvrant votre sein, broderie blanche sur peau de lait dans le bâillement de votre pull-over crème, dérisoire impulsion électrique captée par mon regard. Vous vous êtes finalement assise, avez rajusté le profond col en V, replacé votre écharpe fine sur votre poitrine, et j'ai prié pour que vous n'ayez aucune histoire à me confier. Je ne suis plus apte à entretenir une conversation, encore moins à écouter des confidences. Je déborde. Nous nous sommes salués d'un quasi imperceptible hochement de tête, les portes se sont refermées dans un sifflement pneumatique et j'ai renoncé à affronter la confusion de mes pensées. Noir.

Mordante, presque agressive, une voix me force à rouvrir les yeux.

Deux rangs devant, un homme demande à une femme de libérer sa place, puis réalise qu'il s'est trompé de wagon. Le billet à la main, un informe sac de toile dans l'autre, une sacoche en bandoulière, l'homme s'éloigne, il paraît en colère sans que l'on sache s'il se reproche son étourderie ou s'il en veut au monde entier. Dehors, les piliers s'alignent sous les néons, l'architecture pèse, écrase jusqu'à l'air que l'on respire ; j'ai hâte de quitter cette gare, cette chape étouffante. J'ai posé un roman et un quotidien sur la tablette devant moi, j'ai peur de ne pas comprendre les mots imprimés, trop de choses vont de travers, je suis tellement épuisé.

Je suis en lambeaux.

Je rentre après une fuite folle, j'ai voulu disparaître, j'aimais cette idée : l'absence brusque, la ramification des destins possibles. Seulement, j'ai échoué à m'estomper. Je reviens. Si la fuite est un mystère excitant, le retour est un échec pathétique. Je rentre pour retrouver je ne sais quoi. Des liasses de dettes, des messages qui n'attendent plus de réponse, des miettes froides. Je rentre, la douille d'une balle dans ma poche, encombré par une histoire qui n'est pas la mienne. J'ai tellement fait écrire les autres au sujet de leurs propres histoires. Je ne suis pas parvenu à mettre la mienne en mots.

Un homme déplie son ordinateur, deux jeunes femmes passent en se parlant fort pour couvrir la sourdine de leurs MP3.

Le pouvoir des mots, je n'y crois plus, c'est dommage, mon métier exige d'y croire. Je transmets aux autres l'usage des mots. J'en ai vu des gens, des centaines de gens, verser leurs peurs sur une feuille de papier, ordonner leurs drames en phrases dociles, décharger leurs peines et se relever allégés. C'est moi qui tends la feuille et le stylo, moi qui encourage patiemment, qui conseille sur la manière de s'y prendre. Moi qui ose prétendre savoir comment on résume une vie en dix lignes. J'ai été l'hôte des mots, j'ai joué avec eux, je croyais être leur familier, je ne voyais pas qu'ils s'accumulaient, m'alourdissaient et complotaient contre ma légèreté. Je rentre car je suis vaincu. Je suis constitué de kilomètres de phrases malhabiles enchaînées les unes aux autres. Une sacrée pelote. Je suis éreinté, je n'arrive plus à penser clairement. À mon arrivée je ne serai plus rien. Un minable marqué par la défaite. Noir.

Les haut-parleurs crachotent.

Des voix désincarnées, hésitantes, informent les passagers qu'ils sont dans le bon train et qu'une voiture bar est à leur disposition. On a bougé, le wagon vibre comme un pouls, mon corps ballotte, le train perfore l'espace, c'est le sang qui va son chemin. Votre coude frôle le mien, je sens votre parfum, je me refuse à ouvrir les yeux, je sais pourtant que je ne dormirai pas, je vous suis reconnaissant de ne pas m'avoir adressé la parole, je garde les yeux fermés pour esquiver l'éventualité d'une conversation, j'ai souvenir de longs voyages, j'étais enfant, les wagons se divisaient en compartiments, les gens se parlaient très vite, se racontaient où ils allaient et pourquoi. Avant de monter dans le train, j'avais droit à une ou deux bandes dessinées achetées à la maison de la presse, j'essayais en vain de les lire. Ma grand-mère me trouvait impoli, elle m'ordonnait de refermer mes magazines, il fallait participer à la conversation, dire dans quelle classe j'étudiais, dire mes bonnes notes à l'école, rassurer les passagers : j'étais un enfant sage, je travaillais bien, j'écoutais bien mes parents, j'aimais beaucoup ma grand-mère et je lui obéissais bien. Bien, bien. Très vite je n'écoutais plus les récits, je me fichais de savoir que la vieille dame d'en face faisait ce trajet une fois par an pour aller fleurir la tombe de sa sœur ; que l'homme au costume soigné était un voyageur de commerce, qu'il était tellement gentil d'offrir quelques échantillons de crème pour la peau à ma grand-mère. J'écoutais. C'étaient des bribes d'histoires, des familles éparpillées au travers du pays par quelque mutation ou quelque mariage, des baptêmes, des enterrements parfois, des visites à un cousin, des petits-enfants que l'on voyait si peu souvent. *Que voulez-vous, les jeunes ils vont où le travail se trouve*. Les bandes dessinées posées sur mes cuisses, je les touchais, je soulevais avec une distraction feinte les couvertures, j'avais envie de lire et il me fallait attendre que le colloque s'épuise. Une fois le silence revenu, je pourrais enfin m'isoler honteusement dans mes lectures. L'interminable voyage, saturé de mots, de phrases creuses.

Prudemment, je rouvre les yeux.

Vous êtes occupée avec votre téléphone, vous êtes dans votre bulle, comme plongée au cœur d'une lecture captivante, vous ne m'adresserez pas la parole, j'en suis rassuré. Bientôt, le soir arrivera et la lumière déclinera lentement ; les ombres déjà s'allongent, quelque chose dans l'air se charge d'une épaisseur nouvelle ; une lourde torpeur engourdit jusqu'au sentiment de ma propre existence, l'inconfort de ma position m'empêche pourtant de dormir, j'ai beau ne plus sentir ma langue dans ma bouche, j'ai beau avoir l'impression que mon corps se situe à des mètres de moi, qu'il faudrait de longues minutes pour qu'un ordre parti du cerveau atteigne l'extrémité de mes doigts, je sais que je ne dormirai pas, jamais, malgré le bercement des lents roulis et les quarante heures de veille qui embrument mes yeux, je suis incapable de dormir assis, la tête bringuebalant au gré des secousses, je me sens incapable de me détendre. Par bonheur je suis loin, si loin qu'il me serait impossible d'articuler un son cohérent, si loin que je m'observe comme derrière une vitre sans tain, avec détachement et curiosité ; les sons du monde ne me parviennent plus qu'étouffés, les couleurs délavées, un bataillon d'araignées a recouvert mon corps d'un moelleux cocon. Le jour tombera et je ne sombrerai pas, je continuerai de me détacher, peut-être finirai-je par flotter au-dessus de moi, esprit relié à la chair par une cordelette d'or fin, c'est ainsi que les bonzes ascètes débutent leur voyage astral, paraît-il, au terme d'années d'entraînement, d'ascèse et de méditation, alors que dans mon cas seule la fatigue est responsable. Une léthargie profonde anesthésie mes sensations, je remarque avec un froid détachement que je n'ai plus mal au dos ni aux jambes, les liaisons nerveuses sont roulées dans le coton, mon cerveau coupe un à un les liens avec l'extérieur, j'ai le temps de penser à des histoires terribles de gens plongés dans le coma, d'individus coupés de tout sauf de leur propre conscience, je me demande si les couleurs vont continuer à se délaver jusqu'à la cécité, les sons décroître jusqu'à la surdité, j'ai le temps de m'imaginer muet, muré en moi, locked-in syndrome, paralysie totale du corps et conscience paniquée, ou bien sourd, aveugle, autiste, hors d'atteinte de la moindre confidence, protégé des conversations, arpentant un vaste espace mental sans repère ni matière ; je me dilue dans la fatigue, bercé par les chaos du voyage. J'oublie mes échecs, j'oublie combien mon retour est grotesque, j'oublie que je ne suis plus rien, que je n'ai plus rien, plus un centime en poche, je sombre. Des vibrations longues qui ne sont ni du son ni des battements parcourent mes atomes épars, elles semblent provenir de moi, d'un endroit qui est à l'intérieur de moi et totalement étranger, je me laisse guider par leur rythme régulier, le dehors s'est dissous, ce n'est plus le jour, ce ne sera pas la nuit, j'entre dans un infini qui n'a ni centre ni circonférence, je me laisse faire, je renonce à tout, je suis gazeux.

2

Puis c'est le choc.

Projetée en avant, ma poitrine heurte douloureusement la tablette, le livre et le journal abandonnés volent. Je suis ramené. J'entends le crissement assourdissant des freins. Je ne sais quel réflexe crispe ma nuque pour éviter à ma tête d'aller taper sur le siège de devant. Vous criez de surprise, votre voix m'aide à réintégrer mon corps. Je me souviens de votre présence, je me souviens du train. Les passagers s'exclament, des choses tombent des tablettes, une valise mal calée dégringole des porte-bagages et s'abat lourdement dans la travée centrale, une voix très aiguë demande ce qui se passe.

Le train enfin s'arrête totalement.

J'ai failli m'endormir, j'étais à deux doigts, je suis maintenant totalement réveillé par l'adrénaline. Le coup de frein a agi comme dans ces rêves où le corps chute brusquement dans un puits. On tombe sans arrêt. Sans doute ai-je eu peur. Un coup d'œil à la fenêtre : dehors ce sont des champs imprécis et détrempés, sillons de terre brune tendus jusqu'à l'horizon en lignes un peu tremblantes. La lumière décline. Un paysage de peintre déprimé.

Brutal, le silence siffle à mes oreilles.

Vite comblé par les questions anxieuses des passagers. J'ai du mal à bouger les mains. Vous soufflez, vous vous agitez sur votre siège, je vous sens inquiète. Des petites taches lumineuses dansent devant mes yeux. Contrainte, vous avez détaché votre regard du téléphone qui n'a pas quitté votre main depuis le départ du train. Vous regardez vers la fenêtre, vous êtes obligée de me voir. Vous êtes assise côté couloir, pour contempler le paysage vous devez vous pencher en avant afin d'éviter que ma tête n'obstrue une grande part de la vue. Hébété, je ne dois pas être très agréable à considérer : un homme qui réintègre ses muscles au bout d'une longue bataille avec un courant contraire. J'arrive épuisé à la conscience. Le wagon tournoie encore un instant et s'agglomère en décor tangible. Mes oreilles se débouchent, d'innombrables stimuli désagréables parviennent de mes membres engourdis, de mes reins tassés. Je découvre que j'ai mal au sternum ; le contact avec la tablette a été rude. Je vais avoir un bleu là-dessous. Il est vrai qu'osseux comme je le suis, ma peau marque très vite.

Ma langue réapparaît, presque je pourrais parler.

Vous me demandez si je ne me suis pas fait mal. J'ai mal mais je vous réponds non, ma voix s'éraille, je racle ma gorge, reprends, *ça va*. Dehors, il ne fait pas nuit encore, le soleil est bas. Les gens protestent, un homme se lève pour ramasser sa valise, les gens émettent des petites onomatopées étonnées ou énervées, ils pépient, jacassent ou meuglent.

J'aborde le rivage de l'éveil.

Comme abandonné, le train patiente, entouré de champs ras, dans un décor d'une incroyable absence d'intérêt. J'attends, je n'ai rien d'autre à faire. *Pour votre sécurité*, prévient le contrôleur en usant des mots exigés par le protocole, *veuillez ne pas tenter l'ouverture des portes, notre train étant arrêté en pleine voie,* dit-il dans le micro, et – au-delà de la fenêtre isolante – je contemple de nouveau le paysage, précisant ma première vision, je vois de la terre, grasse, mouillée, éventrée en longs sillons parallèles, bourbeux. Quelques bosquets d'arbres au loin, des clôtures, le corps d'une ferme posé sur la ligne d'horizon et des chemins reliant ces différents éléments. Juste derrière le grillage protégeant les rails, des traces épaisses de tracteurs sont figées dans la boue. Quelqu'un a manœuvré récemment dans ces chaintres, s'enlisant sans doute un peu, faisant demi-tour pour partir tirer méticuleusement les lignes sur des kilomètres.

La pluie, il y a peu, a brouillé le décor.

Dans la vitre, je surprends votre regard. Le double vitrage crée une étrange illusion, vous avez deux visages, l'un net, l'autre estompé, et vos deux visages se superposent aux rangs rectilignes du champ. L'imprécision du reflet donne l'impression que vous me fixez, moi. Vous soupirez, je sens que vous avez envie de m'adresser la parole, ne serait-ce que pour exprimer votre agacement. Sans cet arrêt imprévu vous auriez continué à trifouiller votre portable, rédigeant d'un seul pouce d'innombrables sms et attendant les réponses. Lorsque vous vous êtes assise à mes côtés, j'ai remarqué en premier l'absence de livre ou de magazine. C'est une chose que je ne peux pas envisager : que l'on puisse prendre place dans un train pour un trajet de deux heures sans prévoir de lecture. Le train a quitté la gare Montparnasse et vous avez commencé votre petit jeu avec le portable, sans jamais tenter un regard – je peux le jurer – vers la couverture du livre que j'ai ostensiblement posé devant moi. La question, je me la suis souvent posée : à quoi pensent les gens comme vous qui demeurent deux heures durant, assis, dans un train, sans rien faire ? Est-ce le signe d'une immense désertion ? ou, au contraire, celui d'une volonté qui me fait défaut ? Pour ma part – je le sais – je suis incapable de ne pas lire.

De l'autre côté de la travée, l'homme à l'ordinateur n'a pas quitté son écran des yeux. Il a un casque, il regarde un film.

Je remarque que vous portez des sandales bien fines pour la saison. Je masse mon sternum, j'ai vraiment mal, j'espère que je n'ai rien de fêlé. Ce n'est pas avec des réflexions sur la lecture ou ma santé que j'engage la conversation avec vous. Vous brûlez de discuter, vous vous agitez, vous soufflez une nouvelle fois, et je parle en premier.

3

Maïs, blé ? j'articule à voix haute.

Je me retourne vers vous. Février, je continue, il est trop tôt pour savoir ce qui poussera dans ces champs. Peut-être des choses plus exotiques. J'ai souvenir d'avoir vu, en Sarthe, des immensités de petites fleurs bleues à cinq pétales, il s'agissait de lin destiné au textile. Vous me regardez en souriant.

Avoine, tournesol ?

C'est intolérable, dites-vous, ignorant mes questionnements sur les cultures environnantes. On ne sait pas combien de temps on va rester bloqués. Je vous souris en retour. Êtes-vous pressée ? Un rendez-vous ? Une urgence ? Vous marquez un temps d'arrêt, vos yeux sont très pâles, d'un bleu que l'on pourrait qualifier de délavé si l'on tenait absolument à le décrire. Non, avouez-vous, pas d'impératif. Vous cherchez tout de même à justifier votre énervement. Juste envie d'être chez vous. Votre journée vous a claquée, il vous tarde de rentrer. Vous replacez une mèche derrière votre oreille. Blonds, vos cheveux s'éclaircissent encore vers les pointes, le bout de cette mèche paraît presque blanc. Quelqu'un vous attend-il ? Il est trop tôt pour vous poser déjà ce genre de questions. Il faudrait que nous soyons coincés des heures dans ce paysage vide pour que nous échangions autre chose que ces propos neutres. Le peu de mots que nous avons dits m'a épuisé, c'est comme si j'avais brisé un vœu de silence. Je ne veux rien savoir de vous. Rien. Je n'ai jamais su bavarder avec insouciance, passer d'un sujet à un autre, enfiler des banalités au fil de longues répliques. Parler m'épuise.

Ma voix a quelque chose de distrait, vous vous taisez.

Par-dessus le roman, je pose le journal acheté à midi à l'aéroport. Je me donne une contenance. Je combats mon malaise. Je n'arrive pas à bouger normalement, être assis aux côtés d'un(e) inconnu(e) me renvoie à moi-même. J'ai l'impression de saisir ce journal à votre intention, sur la scène d'un petit théâtre ferroviaire. Votre regard ne manifeste aucune curiosité pour les titres, vous continuez à aller de la fenêtre à mon visage en soufflant de nouveau. Vous êtes fatiguée, répétez-vous au terme d'un long silence, le métro et le train vous fatiguent. Et que diriez-vous si vous saviez que je n'ai pas dormi depuis plus de quarante heures ? Si vous saviez que la nuit dernière, méthodiquement, je me suis soûlé, que ce matin je me suis fait vomir dans les toilettes de l'aéroport à Larnaca ? Dans mon état, je craignais d'être malade en avion. Que diriez-vous si vous saviez qu'aujourd'hui j'ai pris un taxi, puis un bus, puis un avion, puis une navette automatique, puis un TER, puis un métro, puis ce train dans lequel nous sommes bloqués, vous et moi ? J'hésite un instant, puis – au risque de paraître vouloir crâner – je me lance, je vous dis qu'à cinq heures ce matin j'étais à Nicosie, j'ai pris un taxi pour me rendre à la station de bus, derrière le grand hôtel Hilton. C'est ridicule, mais il n'y a pas d'autre solution. La gare routière est à des kilomètres du centre-ville. Pour rejoindre l'aéroport de Larnaca, il vous en coûte cinq euros de bus, mais quinze pour aller du centre-ville à l'arrêt du bus. Je vous explique l'attente, l'enregistrement de ma valise, l'attente encore, l'avion et le TER parce que c'était plus rapide que d'attendre une troisième fois plusieurs heures le TGV Roissy-Charles de Gaulle/Nantes, et enfin le métro pour rejoindre la gare Montparnasse. Toute la journée, j'ai voyagé voyez-vous alors je n'en suis plus à une demi-heure ou une heure.

Vous riez un peu, incrédule.

Je ne précise pas que – de toute manière – personne ne m'attend dans l'appartement que j'ai déserté depuis des mois, rien ne presse ; je vous regarde hausser les sourcils et je me demande si je vous trouve une quelconque beauté. Votre visage est fin, votre front un peu haut. Des questions roulent-elles sous votre crâne ? Si vous avez envie de savoir ce que j'ai été faire à Nicosie vous vous gardez bien de le demander. Peut-être ne savez-vous pas de quoi je parle, j'ai déjà constaté à plusieurs reprises une méconnaissance de cette partie très orientale de l'Europe. Comme si au-delà de la Grèce ou de la Crète s'ouvrait une *terra incognita*. Peut-être alors vous abstenez-vous de me poser une question parce que vous ne savez pas à quels bouts de quel pays se rattachent Nicosie et l'aéroport de Larnaca.

Connaissez-vous Chypre ?

Je m'entends vous poser la question avec un certain étonnement. C'est moi qui entretiens la conversation alors que je crois souhaiter le silence. Non, vous accompagnez votre réponse d'un mouvement quasi enfantin de la tête. Vous paraissez plus jeune que moi, disons sept ou huit ans de moins. Votre peau – dont j'imagine que vous prenez grand soin, la pommadant, l'hydratant méticuleusement – trahit que vous avez dépassé la trentaine. De part et d'autre de votre bouche, deux plis iront en s'accentuant au fil des ans, ainsi qu'aux extrémités de vos yeux où de minuscules ridules plissent déjà l'épiderme. Une seconde nos yeux se croisent en silence. Je retrouve le terme que je cherchais : les plis partant du nez et encadrant la bouche, j'ai connu une femme qui les nommait des dents de lion. C'est vrai qu'ils tempèrent la douceur de votre visage, ils vous confèrent un air un peu carnassier, dominateur. Peut-être pourriez-vous me séduire, je me dis. Pourtant je regorge de préjugés ; auriez-vous – sitôt installée dans votre fauteuil – commencé à lire un roman que je vous aurais trouvée bien plus attirante. Je suis comme cela : je voue un culte fétichiste à la littérature. Je me penche dans les transports en commun pour savoir ce que les passagers lisent. Je me dirige systématiquement vers la bibliothèque si je suis invité chez quelqu'un, scrutant les titres et les auteurs avec curiosité et gourmandise. Je lis les journaux en commençant par les pages littéraires.

Un instant, un vertige me prend, ma tête tourne.

Je lutte, il ne faut pas que je m'effondre maintenant, le tournoiement reflue. Autour de votre cou, vous avez noué deux écharpes, l'une sur l'autre ; l'une rose pâle, l'autre d'un rose plus soutenu. J'observe que vous portez des boucles d'oreilles discrètes, deux perles très sobres. À cet instant, j'aimerais que me quitte toute idée de séduction et de flirt. J'aimerais pouvoir vous considérer de la manière la plus neutre possible. Je suis fatigué. En gare

Montparnasse, lorsque vous vous êtes assise à mes côtés avec un sourire poli, je n'ai pu m'empêcher de penser que vous étiez une femme. Jeune. Le sourire automatique que je vous ai alors adressé n'avait rien à voir avec le sourire que j'aurais rendu à un homme, ou à une grand-mère multi-encombrée par ses valises. Je suis harassé, je ne souhaite qu'une chose : dormir ; et je ne peux m'empêcher de ressentir un frisson particulier à l'idée de voyager en votre compagnie, même si je ne songeais pas que nous en viendrions à parler, même si j'étais certain que nous passerions deux heures dans une totale indifférence, prenant juste soin que nos bras n'entrent pas en contact sur l'accoudoir central. Je me demande si vous avez des pensées similaires aux miennes, si vous avez ressenti quelque chose de particulier en découvrant que votre voisin serait un homme encore jeune, séduisant peut-être si l'on veut bien faire abstraction des poches sous mes yeux et d'une certaine tension sur mon visage causée par l'absence de sommeil. En me voyant, je ne crois pas que l'on puisse deviner encore mon profond naufrage. Que diriez-vous si vous saviez que je n'ai plus un sou en poche, plus de travail, plus d'avenir, bientôt plus de logement, et – surtout – plus l'envie de me battre ? Je me garde bien de vous poser cette question, tout comme je me garde de vous révéler la vague excitation que provoque en moi votre proximité. J'aimerais me dépouiller de ces réflexes, de ces pensées. Pourtant, sans désir je serais un homme mort.

Un grand silence s'abat entre nous.

Je suis trop préoccupé par mes propres pensées pour que la conversation roule doucement. Ce serait à moi d'entretenir le feu. Distraitement, je relis plusieurs fois chaque titre à la une du journal. Je regrette presque de l'avoir acheté, ce journal, il contient surtout des anecdotes, des bribes de récits, des nouvelles histoires qui s'agglomèrent aux histoires dont je déborde. Je suis encombré. Au lieu de me décharger j'ai perdu beaucoup de temps à faire autre chose : à fuir, à trop boire, à continuer d'accumuler des histoires. Je suis saturé maintenant, j'aime bien la définition chimique de ce verbe : rendre impossible l'ajout de nouveaux éléments. Saturée de sel, l'eau n'arrive plus à le dissoudre, il tombe comme de petits cailloux au fond du verre. L'étymologie des mots m'est souvent d'un grand secours. Les mots sont mon outil de travail et il vaut mieux connaître ses outils. J'apprends aux autres à user des mots et – en échange – ils m'envoient des paquets de phrases dans la gueule. C'est mon métier, c'est la raison de mon voyage à Chypre. C'est pourquoi je cherche le silence. Je ne veux plus que l'on me raconte quoi que ce soit.

J'ai en moi la charge excédentaire de milliers de pages d'écriture, j'ai en moi tant de cris informulés.

4

Dans le wagon, les passagers s'énervent ou prennent leur mal en patience ou lisent ou tentent de téléphoner pour prévenir que le train aura du retard et s'énervent d'autant plus qu'ici il n'y a pas de réseau ou si peu que cela coupe, les voix sont inaudibles, hachées et robotisées. Certains ironisent sur l'absence des contrôleurs. On ne les voit jamais en pareille circonstance, ricanent-ils, ils nous laissent dans l'ignorance. Ça s'agite, ça rouspète. Comme moi, vous écoutez les commentaires d'un homme assis à deux rangées de nous. Je l'avais vu s'installer sans ôter son pardessus, comme si le trajet n'allait durer qu'une poignée de minutes, il râle et veut faire savoir à l'ensemble des passagers qu'il est mécontent. On ne sait rien, dit-il suffisamment fort pour être entendu de tous, à chaque fois c'est la même chose, on est bloqués et on ne sait jamais pourquoi. Dans ma boîte, rage-il, on prévient le client s'il y a un problème. Et il enchaîne sur les mérites comparés du privé et du service public.

Une jeune femme traverse la rame, son parfum lourd signe son passage bien après qu'elle a disparu.

C'est vrai que j'aimerais savoir, je vous dis, même savoir que l'on ne sait rien, j'aimerais un simple message, une voix avisant qu'il n'est pas possible d'estimer la durée de notre halte, une information qui n'en serait pas une, qui n'apporterait rien d'autre que l'illusion d'une prise en charge de notre attente. Me comprenez-vous ? Vous me faites signe que oui, vous me comprenez parfaitement. Même une illusion dont personne n'est dupe peut s'avérer réconfortante, me répondez-vous, ce qui réveille mon intérêt pour vous. Mais rien, depuis l'annonce première de ce que nous voyons bien par nous-mêmes : nous sommes immobilisés en pleine voie. Rien.

On attend.

Craquements. Un grand silence se fait pour accompagner la voix du contrôleur. Les grésillements durent presque une minute et une voix gênée coule enfin des haut-parleurs. Ânonnée, une longue phrase tombe à nos pieds. On devine que le contrôleur lit une fiche, on le sent maladroit, hésitant et mal à l'aise. Sur la fiche, écrite spécialement pour être lue dans ce genre de situation, il est inscrit que *suite à un incident de personne, notre train est arrêté en pleine voie. Pour notre sécurité,* etc. Les passagers écoutent le morne message jusqu'au bout. Dans un vacarme de frottements, le micro se coupe et chacun peut commenter l'information avec son voisin en fonction de ce qu'il a voulu comprendre ou de sa sensibilité. J'entends des *c'est affreux*, des *on n'est pas près de repartir*, des *fait chier*. Si une chose est certaine, c'est que *l'incident de personne* va nous clouer pour un bon moment dans ce paysage agricole dépouillé. Je vous regarde. Entre deux doigts vous faites rouler l'étoffe d'une de vos écharpes, c'est un mouvement presque imperceptible, fragile. Je fais mine de ne pas l'avoir remarqué, ce geste vous appartient intimement, il provient, j'en suis certain, de votre enfance. Je me souviens d'une jeune fille assise face à moi dans un autre train, un anneau au sourcil, un clou à la narine, d'innombrables boucles d'oreilles, habillée en veuve noire, regard souligné d'épaisses ombres, qui avait extrait un piteux bout de tissu d'un sac en toile et avait une ou deux minutes respiré ce haillon, enfouissant son nez dans ce vestige de doudou, abandonnant son air farouche pour revenir en des strates antérieures, renouant avec une douceur enfantine, son visage comme métamorphosé un trop court instant. Elle m'avait fortement ému cette jeune fille, comme m'émeut le petit mouvement inconscient de vos doigts. Incident de personne…, dites-vous, abandonnant votre phrase dans l'inarticulé. Je sais que l'attente peut être longue, je vous l'explique : le temps de prévenir les pompiers, la gendarmerie, le temps qu'un officier de police judiciaire se déplace pour constater le suicide. La procédure, je la connais, je sais qu'attendre un officier, en rase campagne, quelque part entre Le Mans et Angers peut s'éterniser. Vous avez très légèrement écarquillé les yeux lorsque j'ai prononcé le mot suicide. Je n'ai pas employé l'euphémisme obligé, le mot renvoie à la réalité de notre arrêt, à la présence de la mort et de la chair. Expressif, votre visage se durcit. Vous vous taisez. Le temps risque d'être long, j'en viens à songer que je vais peut-être enfin pouvoir dormir, délivré du roulis inconfortable.

Dehors, dites-vous.

Et je me détourne pour contempler encore les champs gras. Oui ? Non, vous avez cru apercevoir quelque chose, mais c'est impossible, il n'y a rien. Un animal peut-être ? Cela vous a semblé plus grand, plus lourd, expliquez-vous. À l'autre bout de la rame, un enfant pleure à gros sanglots que sa mère tente d'apaiser. Je n'avais pas remarqué sa présence jusqu'alors, il s'était tenu tranquille. À sa voix, je crois deviner un petit garçon, il entrecoupe ses pleurs de cris, comme s'il avait eu peur. La mère chantonne doucement, l'enfant ne se calme pas, ses pleurs deviennent des hurlements affolés, sa mère cesse de le consoler pour le gronder, lui ordonnant de se taire. Ces cris, il a eu peur, me dites-vous. Je me demande ce qui a pu l'effrayer à ce point. Je vous sens inquiète, vous regardez par-delà mon visage, vous ne quittez pas le champ des yeux. Pensez-vous qu'il ait vu un animal ? Non, me répondez-vous, ce serait absurde, la terre est nivelée, il n'y a rien dehors où puisse se dissimuler une bête. Savez-vous où nous sommes ? Quelque part en Sarthe, probablement. S'il y a encore des animaux sauvages, dehors, ils ont plutôt notre sympathie : cerfs, chevreuils, biches. Des sangliers ? Oui, des sangliers. Mais vous pensez savoir qu'ils sont plus impressionnants que dangereux. Ils fuient la présence de l'homme. Je vous raconte qu'un soir, c'était il y a une petite dizaine d'années, je rentrais avec le dernier train, celui qui arrive à vingt-trois heures en gare de Nantes, et quelque part avant Le Mans la motrice a percuté une harde de sanglier – l'histoire dans les détails avait été reprise dans le journal deux jours plus tard –, le train s'était immobilisé presque deux heures sans que nous en sachions les raisons. Un mâle, une femelle et trois ou quatre petits, l'impact avait endommagé la locomotive. À mesure que je vous raconte cette histoire, je réalise combien je suis imbécile, votre visage s'est fermé, je raconte des histoires d'animaux déchiquetés par les trains alors qu'un être humain vient de passer sous nos roues. Peut-être y a-t-il du sang sur le châssis de notre wagon, peut-être sommes-nous assis au-dessus d'une dépouille hachée pulvérisée broyée.

Brusquement le corps, *l'incident de personne*, est là.

Presque tangible, rendant insupportable notre position. Quelqu'un vient de mourir et nous sommes à l'intérieur du projectile qui l'a percuté. Je conclus mon récit en m'excusant de ma stupidité, je ne voulais pas vous mettre mal à l'aise, je suis fatigué, je ne me suis pas rendu compte d'où me conduiraient mes propos.

Non.

Non, vous êtes indulgente à mon égard. C'est souvent comme ça, m'expliquez-vous, nous pensons tous au suicide – vous faites un geste du bras qui englobe l'ensemble des passagers –, mais nous évitons d'en parler. Alors les mots rusent, les mots empruntent d'autres chemins pour dire notre malaise. Vous êtes très psychologue. C'est un peu mon métier, me confiez-vous, et je m'efforce de ne pas m'étonner. Je ne me suis pas imaginé quel métier vous pouviez bien exercer. J'attends un peu, pensant que vous allez poursuivre, mais vous retombez dans le silence. Je réalise avoir laissé passer trop de temps pour décemment enchaîner sur une question concernant votre profession. Ma conversation est médiocre, mes mots presque effacés. Il faudrait que je vous explique ma vie entière pour vous faire comprendre à quel point j'aspire au silence. Des suicides, j'en porte trop. Je suis un confident, celui qui écoute les autres, qui les assiste lorsqu'ils se débarrassent de leur fardeau. Je suis submergé de mots jusqu'à la noyade. Je me donne une contenance en saisissant le journal laissé sur la tablette devant moi, je le retourne et regarde le visage de Yukio Shige photographié en dernière page du quotidien, dans la rubrique *Portrait*, je plonge mes yeux dans ceux – imprimés – du vieil homme, lui trouvant une mine à la fois stricte et débonnaire. Il se dégage de cet homme une grande impression de fermeté et de bonté, l'une et l'autre liées, indémêlables. Je vous montre sa photo, vous vous penchez un peu vers moi et la mèche que vous aviez glissée derrière votre oreille se libère et vient frôler mon visage. Je sens votre parfum, je ne le connais pas. Il n'est rien de plus troublant que de retrouver le parfum d'une femme que l'on a aimée sur la peau d'une autre. Le vôtre est fruité, un peu citronné, parfaitement inconnu de moi.

Je peux le respirer sans me crisper.

5

Yukio Shige a soixante-cinq ans, il est retraité de la police et il pose avec rigidité, une écharpe chinée autour du cou, une chemise de bûcheron à carreaux rouges et noirs visible sous sa polaire grise. Les vêtements, cet homme ne les a pas choisis pour se mettre en valeur mais pour leur confort. Dans son dos, les falaises de Tojimbo, un site à quatre cents kilomètres au nord-ouest de Tokyo qui attire presque un million de visiteurs par an, précise l'article que je parcours du regard sans le relire. Je vous raconte ce que j'en ai retenu. C'est du haut de ces falaises plongeant dans une mer décrite comme agitée, que de nombreuses personnes se suicident. Le chiffre, je le retrouve : 257 en dix ans. Dans ce train comme englué dans le paysage agricole, les falaises de Tojimbo pourraient tout aussi bien être sur la Lune ou sur Mars. Ce qui lie les deux cadres, à cet instant précis, c'est l'incident de personne. Les suicidés des falaises et ceux qui se jettent sous les roues d'un train. Yukio Shige a sauvé 175 personnes depuis quatre ans, est-il écrit. Voilà la lubie de ce retraité : parcourir le site touristique, le soir, jumelles autour du cou, pour récupérer les désespérés et les convaincre de ne pas sauter.

Souvent, a-t-il dit au journaliste, quand je leur dis bonjour, ils éclatent en sanglots.

Passe-temps étrange d'un vieil homme qui sauve des vies là où d'autres vont à la pêche, profitent de la retraite pour voyager ou s'inscrivent à des cours de gymnastique d'entretien. Je me tais un instant, vous contemplez toujours la photo du vieil homme, votre mèche de cheveux touche mon épaule. Bêtement j'imagine l'un de vos cheveux blonds pris dans les mailles de mon pull noir, comme un trophée. 33 000 suicides par an au Japon, je lis ce chiffre pour la troisième ou quatrième fois, trois fois plus qu'en France, ce qui m'apprend, incidemment, que 11 000 personnes se suicident en France chaque année, et la pensée me renvoie à ce que je me refuse d'imaginer : l'incident de personne qui immobilise le train, à cet instant, au creux de ce vide agricole. Celui ou celle que le train a heurté et ce que l'impact d'un TGV peut causer sur un corps humain, tout ça, je me refuse à y penser, je chasse les images qui me viennent pourtant, je regarde Yukio Shige qui a regardé l'objectif d'un photographe, et sa photo me regarde dans ce train qui ne repart pas.

Je reprends la parole pour chasser les images.

Il a fondé une association, explique-t-il, après avoir sauvé un couple en 2003. Il avait dissuadé l'homme et la femme de sauter, les avait déposés dans un proche commissariat d'où le couple avait été chassé après son départ. L'homme et la femme n'avaient plus d'emploi, n'avaient plus de ressources. Ce couple avait écrit une lettre à son sauveur, cinq jours plus tard, pour le remercier de sa bonté, puis ils s'étaient pendus. L'article ne dit pas s'il était trop déshonorant pour cet homme et cette femme d'appeler leurs familles à l'aide. Yukio Shige avait alors investi toutes ses économies dans une fondation qui accompagnait quelque temps les rescapés du suicide. Sur la photo, il a des lunettes sans monture et son regard semble vif et mélancolique. Toujours, le visage de cet homme m'inspire une chose et son contraire. Je vous tends le journal et pense à celles et ceux qui se rendent à Tojimbo pour se jeter dans la mer, je pense à ces gens pour ne pas penser à ce qui s'est passé il y a quelques minutes dans ce champ, sur cette voie, devant ce train. Je pense à de lointains suicidés japonais pour ne pas penser à l'exemple cité dans l'article, celui de ce couple privé de toutes ressources qui se suicide. Il y a de belles pages chez Elias Canetti sur *l'évitement du concret.* Canetti s'étonne de ce que l'on se précipite vers le plus lointain pour ne pas avoir à affronter le plus proche. Aller au bout du monde pour esquiver le voisinage. Mon départ pour Chypre n'avait pas d'autre but que l'évitement du concret. Penser aux suicidés japonais n'a pas d'autre but que d'oublier pourquoi notre train est stoppé. M'apitoyer sur les laissés-pour-compte du Japon permet de regarder ailleurs qu'en ma faillite. Évidemment, imaginer des gens en masse se jeter d'une falaise me met mal à l'aise, mais c'est loin, à l'autre bout du monde, aux antipodes de ce champ sarthois ou angevin que j'observe sans le voir. Vous parcourez l'article, je ferme un instant les yeux qui me brûlent par manque de sommeil, masse mon sternum contusionné, et l'image de lemmings se forme dans mon esprit. Ces rongeurs chaque année se suicident collectivement dans le nord du Canada en se précipitant dans la mer, leur comportement a suscité bien des questions et alimenté bien des mythologies. Je chasse leur image, il n'y a nulle comparaison à faire, les animaux ne décident pas de se suicider. Les plus sauvages des bêtes ne sont pas libres, elles suivent leur instinct. Seul l'homme est libre de prendre un billet de bus pour Tojimbo, de contempler les colonnes éboulées de pierre, d'attendre la tombée du soir, de patienter pendant que la foule des promeneurs diminue, d'observer le soleil disparaître (disparaît-il dans les flots ou, à l'inverse, dans le dos des désespérés ? Je ne peux m'empêcher de voir le soleil s'abîmer lentement dans l'eau, à l'horizon, comme sur les plages de la côte Atlantique) ; seul l'homme est libre d'écouter le claquement des vagues sur les rocs effondrés, de respirer à pleins poumons l'air saturé de sel et d'iode et de sauter, le cœur battant, sauter vers la mort. Il faut une immense liberté pour donner l'impulsion du saut à son corps, pour ordonner à ses jambes d'aller vers l'avant, pour s'allonger sur des rails et attendre que passe le train, pour se tirer une balle dans la bouche ; une liberté à laquelle un lemming jamais ne goûtera.

Un homme rouspète d'une voix trop forte, il en a marre d'attendre, informe-t-il l'ensemble des passagers.

Toujours ma main rejoint le petit tube creux dans la poche de mon pantalon, j'en apprécie la dureté au travers du tissu. Pendant que vous lisez, du coin de l'œil je surprends le mouvement d'une masse sombre dans le champ. J'observe : rien. C'était une illusion, et d'ailleurs il est impossible que quelque chose apparaisse brusquement, il faudrait que la terre grasse elle-même se soulève comme une vague tellement vaste est le champ, tellement loin porte le regard. Rien ne bouge, rien ne vit que des vers et des insectes, sans doute des rongeurs rusés au pelage couleur terre, héritage de mutations datant de l'agriculture de masse – j'ai étudié Darwin, je sais comment la couleur des sols et la capacité d'adaptation des espèces sont chaînées entre elles –, des oiseaux sans doute doivent guetter les vers. Mais rien de gros ne peut échapper à mon regard, pas de vaches – et que ferait une vache dans un champ agricole –, pas de chevaux ni de moutons. Encore moins d'humains, et je frissonne en pensant que le dernier humain à avoir foulé ce champ est maintenant déchiqueté quelque part vers l'arrière. Combien de mètres faut-il à un TGV lancé à vitesse de croisière pour freiner et s'immobiliser ?

Cent ? Cinq cents ? Un kilomètre ?

Je n'en sais rien, je cesse de regarder le champ ; la terre ne bouge pas d'elle-même, elle est lourde, grasse, saturée d'azote d'engrais de pesticides. Elle est inerte. Au loin, la bâche d'un camion me signale une route que je n'avais pas remarquée, trop encaissée, les voitures qui l'empruntent sans doute sont invisibles depuis le train. Par à-coups, je me sens extrait de mon corps, c'est comme si ma tête partait en arrière alors qu'elle ne bouge pas. Baisse de tension causée par la fatigue, le malaise m'est familier. Je referme les yeux et c'est pire, j'ai l'illusion que le train tangue alors que je sais bien que nous ne bougeons pas, que nous ne bougerons pas avant un bon bout de temps. Des picotements courent le long de mes bras. Je tâte ma poitrine, la douleur me relance. Comment j'ai fait pour me cogner au niveau du sternum ? je m'interroge. La tablette s'ouvre à hauteur de mon ventre. J'étais à ce point effondré dans mon siège ?

De petites lucioles dansent devant mes yeux.

Oui, je vais bien, je réponds à votre question, je vous suis reconnaissant de votre inquiétude, c'est simplement la fatigue, je croule de fatigue, j'ai beau savoir que rien ne m'attend chez moi, que je vais retrouver un appartement froid, un frigo débranché et vide, des clayettes à la propreté relative, un paquet de nouilles dans un placard, une boîte de sauce tomate avec un peu de chance, des sachets de thé, un paquet de café laissé à température ambiante depuis bientôt deux mois, de l'air confiné, des draps humides dans le lit mal fait, j'ai beau voir l'appartement glacé près de la place Chantenay comme si j'y étais, j'ai beau savoir à quel point sitôt la porte refermée dans mon dos une immense tristesse s'abattra sur mes épaules, j'ai envie d'être chez moi, d'en finir avec ce retour interminable.

6

Prenez du sucre.

Vous me tendez une boîte de bonbons, des smarties, que je ne vous ai pas vue extraire de votre sac. Je n'aime pas les bonbons, je n'ai jamais aimé les sucreries et pourtant je vous obéis, je me range à votre avis, j'essaye d'en attraper un et mes efforts maladroits vous font rire, vous me montrez que je dois creuser ma main et vous versez une dizaine de petites pilules colorées dans ma paume. Rouges, vertes, jaunes, bleues et une seule marron. De vagues souvenirs remontent, imprécis, des disputes avec des copains d'école pour le partage des smarties, ceux qui voulaient les jaunes et les échangeaient avec ceux qui voulaient les roses. Je crois me rappeler que les plus rares – les bleus et les marron – faisaient l'objet de trocs très codifiés. J'ai oublié. On oublie tant de choses.

Sauf ce qui nous encombre tant.

Vos cuisses sont minces et longues sous la toile du jean, je devine la finesse de votre taille. Vous avez retroussé les manches du pull blanc crème serré qui met en valeur votre poitrine. Votre double écharpe est relâchée, l'échancrure en V du col révèle la bretelle d'un soutien-gorge blanc. Vous mangez des bonbons, des petits chocolats enrobés de colorants. Je pensais que toutes les jeunes femmes suivaient un régime. Je fais taire ce genre de sarcasmes intérieurs, je lutte si souvent contre la grossièreté de mes pensées. Les blagues racistes, les réflexes machistes, tout ce fatras que je transporte en moi et qu'il me faut faire taire constamment, qu'il me faut juguler. Je suis en lutte contre une partie de mon héritage. Il faudrait que je vous explique toutes ces vulgarités que je partageais avec mes parents et mes copains, qui m'ont fait rire jusqu'à mon adolescence et que j'ai prises en horreur depuis, ces plaisanteries que mon père racontait à table, dont nous riions de bon cœur et que je répétais le lendemain à l'école malgré l'interdiction de ma mère.

Un bruit interrompt les conversations.

Des craquements se font entendre dans les haut-parleurs, nous relevons la tête. Deux trois parasites encore, un long crépitement. Le contrôleur va donner quelques informations. Les passagers se figent, attendent, et les craquements cessent. Le contrôleur a renoncé.

L'écho des ondes se perd dans les ricanements nerveux. L'enfant, à l'autre bout du wagon, pleurniche de nouveau. Il faut prendre notre mal en patience. Vous me souriez tandis que je m'en veux d'avoir prononcé une phrase si creuse. Je parle pour ne rien dire. Je pourrais pourtant en raconter des histoires, j'en suis boursouflé, ne sentez-vous pas craquer les coutures ? Les histoires de seconde main, celles que l'on me confie, ou les histoires que j'ai vécues. Des histoires de train, par exemple. Mais je me tais résolument, je ne sais pas si vous partagez mes opinions et mes indignations. Si je commence, je ne m'arrêterai plus. Je me connais : un mot en entraîne un autre et je finis par me vider sous les regards gênés de mes interlocuteurs. Je sais que la fatigue aide la confidence, je sais que l'étrangeté de notre situation permet l'épanchement. Je me tais. Mon esprit demeure captif de ce wagon. J'aimerais être dehors. Au loin j'observerais le train posé sur la limite de l'horizon, serpent de métal et de verre accrochant les derniers reflets du soleil couchant. Un accès de claustrophobie serre ma gorge. L'immobilité me renvoie à d'autres trains pétrifiés. Je me tais, je ne vous dis pas que je me suis rendu une fois par mois pendant un semestre à Turin, toujours par le Paris-Gare de Lyon/Milano Centrale, et que toujours ce train s'est arrêté dans le tunnel ferroviaire parallèle à celui du Fréjus, le tunnel du Mont-Cenis, 13 kilomètres 636 mètres sous la montagne. Toujours ce train stoppait au milieu du boyau sans issue pour permettre à la police de faire sa cueillette. Une fois par mois, au petit matin, je montais en gare de Porta Susa, à Turin. Je rentrais chez moi. L'emplacement des wagons n'est pas précisé à quai, si bien que l'arrivée du train produit une grande agitation, les gens courent et se bousculent. Seuls les habitués savent prévoir où se situera leur voiture et se placent en conséquence. Voyageant juste avec un petit sac à dos, j'avais pris l'habitude d'entrer dans le premier wagon et de remonter ou redescendre le train pour atteindre ma place. Souvent, le train repartait avant que la grande majorité des voyageurs ne soient assis, je marchais, je regardais les gens, les visages, et je me demandais qui serait raflé dans le tunnel, qui n'avait pas de papiers, qui avait été mis là par un passeur sans scrupules, qui allait bientôt voir ses rêves s'ébouler. Le scénario était répétitif : on part, on arrive à la frontière, on entre dans le tunnel, le train s'arrête et la police de l'air et des frontières procède aux vérifications. Contrôle des papiers, arrestation des clandestins, entre trois et dix personnes à chaque trajet. Alors on pense à un piège, à un goulet, une trappe. J'avais en tête les collets, ces choses si simples qu'utilisaient mes grands-pères, ces pièges tellement évidents qu'enfant je me demandais comment l'animal se laissait prendre. La souris et le lièvre, comment ne voyaient-ils pas le danger ? Ne le sentaient-ils pas ? Comment osaient-ils mettre la patte sur la planche de bois, ils devaient bien distinguer le ressort, l'élastique, la barre de métal tendue à l'extrême, ils devaient bien se douter qu'un morceau de gruyère abandonné dans un grenier c'était trop beau, ils auraient dû sentir qu'à la moindre approche la goupille sautait, le ressort se libérait et la barre frappait, le clapet se fermait, le nœud se resserrait, la souricière capturait. Cela paraissait tellement rudimentaire. Je me disais qu'il ne fallait pas être bien intelligent pour se laisser prendre, pour glisser son museau dans le traquenard et mourir, bêtement, là. Ensuite, en y réfléchissant, j'ai compris que j'avais tort, que ce n'était pas une question d'intelligence, qu'il y avait derrière ces pièges grossiers une question de logique. La logique de celui qui arme le piège n'a rien de commun avec la logique de celui qui glisse son encolure à l'intérieur, rien. Voilà ce que j'ai compris et ce que je ne vous raconte pas. À chaque retour, je les voyais descendre, les clandestins, en gare de Modane, encadrés de policiers français : des hommes seuls, des adolescents souvent, des familles parfois, des bébés, je les regardais sur le quai de la minuscule gare, leurs visages résignés, leurs espoirs effondrés, les fichus sur la tête des femmes, les imitations de Nike aux pieds des adolescents. Les bagages encombrants mal fermés. Sacs en plastique, pochons scotchés, valises maintenues par des Sandow. Je me souviens, une fois, il y avait un très jeune homme, pas dix-huit ans, très nerveux, et un jeune policier, ces deux-là ne se quittaient pas des yeux. Le jeune homme portait un sac de toile bleue à son épaule, je l'ai observé depuis le confort de mon train climatisé, il n'avait pas de papiers, il s'était fait embarquer trois rangs devant le mien, on lui avait demandé son billet, son passeport, il avait un instant joué à celui qui ne comprend pas, le jeune policier avait élevé la voix, finissant toujours ses phrases par un monsieur respectueux de rigueur. *Votre billet, monsieur. Votre passeport, monsieur.* L'homme avait répondu une chose basse en une langue inconnue, le policier avait poliment et fermement insisté *Passaporto signore.* Il devenait évident que le jeune homme n'en avait pas, de passeport ; il gagnait du temps en vain, j'observais la scène de mon enviable position d'Européen pourvu de papiers. Une impatiente tension montait, le jeune homme s'était levé sans un mot de plus, sans que le policier lui demande de le suivre, *monsieur.* Il avait renoncé à faire durer plus longtemps l'attente, à faire monter la tension d'un cran supplémentaire. Son visage n'exprimait rien d'autre que dureté roide. Sur le quai, le policier lui a tourné le dos une seconde, pour répondre à une question d'un collègue, et le jeune en a profité pour faire deux pas en arrière. Je le voyais, je ne le perdais pas des yeux. Il n'a pas couru, il ne s'est pas échappé, non, il a pris ses distances, rien de spectaculaire, pas de sprint, pas de tentative de fuite. Il a traîné, il a profité de ses deux pas en arrière pour se ménager un retard sur le groupe, se laisser dépasser par les quatre agents de la PAF, et le plus jeune policier, celui qui ne le quittait pas des yeux dans le train, s'est retourné pour dire quelque chose, un seul mot, bref, que je n'ai pas entendu, un mot accompagné d'un geste de la main vers l'arme de fonction non dégainée. Je contemplais la scène derrière le double vitrage du train, je ne bougeais pas, même si ce que je voyais me révoltait profondément, ce devait être la troisième fois que j'assistais à cette scène, la troisième fois que je rentrais de Turin par le Milano/Paris de 8 h 10. Et à chaque voyage, c'était la même chose, le piège rudimentaire fonctionne, l'élastique claque, la chausse-trape s'ouvre, les corps tombent, tombent, n'en finissent plus de tomber. Je regardais la gare de Modane, édifice bas de pierres noircies, portes bleu ciel aux chambranles bleu foncé. Peinture très écaillée. Ils attendaient un peu, l'un des policiers au téléphone. Un peu plus tôt, ce même policier s'était énervé dans le tunnel de ne pouvoir appeler. Rien ne passe ici, avait-il dit à son jeune collègue en vérifiant mon passeport. Il parlait du téléphone, et je pensais aux gens qui chaque jour sont pris, je repensais aux animaux, à ce problème de logique, à ces gens prisonniers de ne pas posséder la même logique, attrapés pour n'avoir simplement pas su qu'ici rien ne passe. À chaque fois, je voyais les clandestins rejoindre le commissariat de Modane, celui qui fait face à la gare, qui occupe le rez-de-chaussée d'un immeuble ordinaire. Le train redémarrait très lentement, j'avais le temps de le voir cet immeuble : les balcons avec le linge à sécher, la banalité d'un petit bâtiment au toit d'ardoise, un immeuble fonctionnel, insignifiant jusqu'à la laideur, rendu tragique par les grilles, les barres, les barreaux. Je me disais – alors que Modane s'éloignait – que chaque jour, d'autres comme eux transitent par là de ne pas savoir reconnaître un piège, d'être isolés dans la méconnaissance, d'être exploités par ceux qui leur ont indiqué de prendre ce train. C'est ce qui me révolte dans ces grilles, elles enferment ceux qui se sont fait avoir, les perdants d'avance, ceux qui sont battus à plate couture dès le premier pas hors de leur pays. Ils cadenassent leur malchance le jour où ils glissent une liasse d'argent dans la main d'un passeur. Et le passeur, chaque matin, enverra son troupeau droit vers la souricière. Il faudrait que je vous raconte tout cela, les visages abattus, les gestes lents, les espoirs anéantis, les rêves anéantis, le sentiment de voir s'exercer une profonde injustice, je ne sais comment vous réagiriez. Je pourrais abonder en détails, vous dire que certains tendaient – dérisoires – des faux titres de transport aux policiers, des billets grossièrement photocopiés, un coup de marqueur au dos pour imiter la bande magnétique. Je les voyais ouvrir de grands yeux lorsqu'ils s'entendaient répondre que les billets étaient des faux. Ils protestaient, ne savaient que peu de mots en français ou en italien, juste assez pour dire qu'ils les avaient payés, les billets, comptant. Je pourrais partager avec vous ma certitude que ces billets avaient bien été achetés à des passeurs cyniques. Je pourrais décrire pour vous le paysage magnifique des Alpes au petit matin, les brumes fragiles et fraîches, les pans éboulés ou – au contraire – les plateaux arborés, les nuages prisonniers eux aussi de ne savoir voler encore plus haut. Les Alpes grandioses. Les Alpes s'en foutaient, les passagers du train regardaient leur montre pour estimer le retard pris à cause des interpellations, ils rallumaient leur téléphone pour lire leurs sms maintenant qu'ils bénéficiaient du réseau français.

Et moi, je marinais dans mon indignation muette et honteuse.

7

Ce que je faisais à Chypre ?

Votre question me surprend. Comme souvent, je m'étais noyé dans mes souvenirs. Ce que je faisais à Chypre. Je travaillais, ce n'étaient pas des vacances, j'ai passé deux mois là-bas, un projet avec le centre culturel français. Ma réponse n'est qu'un demi-mensonge. Non, je ne suis pas professeur, ni formateur, disons plutôt animateur. Sur un coup de tête, le désir de voir ailleurs, de partir. L'expérience était intéressante, oui. Ce pays est assez étonnant, très contrasté. Mécaniquement je réponds à vos questions car je sens qu'une digue ne demande qu'à céder, je sens que si je parle, je vais raconter l'histoire de la balle dans la nuque, et si je raconte l'histoire de la balle dans la nuque, je raconterai celle de la balle dans la bouche, il faudra que je dise tout le reste, cela nous entraînera loin, ma main cherche la poche de mon jean, touche un petit cylindre au travers du tissu, mon geste est machinal, je ne souhaite pas m'épancher, j'ai trop souvent été contraint de subir des confidences, d'avoir ensuite à vivre avec les histoires d'autrui, d'avoir à me débrouiller seul avec ces bribes et fragments de rêves, de drames, j'ai été le dépositaire d'encombrantes douleurs et je ne veux pas déverser sur vous mes peines et mes bobos. Je sens que j'ai trop à dire, des mots en nombre suffisant pour remplir les heures de la nuit, pour déborder au matin et contaminer le jour à venir. Le peu d'enthousiasme que je mets à vous répondre étouffe peu à peu le flux de vos questions. Le silence retombe.

Un homme en survêtement traverse le wagon.

Dans tout le wagon les gens parlent, certains n'ont pas encore compris qu'il n'y a pas de réseau à l'endroit où nous sommes arrêtés et ils s'énervent sur leur téléphone. L'enfant ne pleure plus. L'homme au pardessus a pris son voisin en otage et il raconte un à un les retards de train qu'il a subis dans sa vie. À l'instant où je tends l'oreille, il explique un rail cassé entre Grenoble et Lyon et plus de trois heures d'attente dans un train sans voiture bar.

Et vous ? Votre métier ?

Le développement personnel, un travail de consultante. Je me retiens de dire combien j'aurais besoin d'un bon coach, d'une reprise en main. Vous aidez des gens à se trouver, j'aime bien l'expression que vous employez, je vous imagine ramener les égarés dans les couloirs d'une vaste entreprise. Vous remplacez le chien de berger là où les cadres en trois-pièces cravate remplacent les moutons, je garde mon ironie pour moi, je vous écoute respectueusement. Des questions non formulées s'empilent dans mon esprit. Comment peut-on aider quelqu'un à être lui ? Comment travaillez-vous ? Comment savez-vous mieux que vos clients qui ils sont ? Que pensez-vous de moi, alors, vous qui devez être habituée à soupeser les individus, à creuser sous le masque, à classer les gens en grandes catégories ? Que pensez-vous de ce type à vos côtés avec sa mine défaite, ses vêtements trop portés et sa maigreur inquiétante ? Je serais curieux de savoir quelles cases vous avez cochées dans vos fiches mentales et à quel classeur vous avez confié mon archive : névrosé ? asocial ? introverti à tendance suicidaire ? dépressif ? Je vous écoute à peine me raconter que vous travaillez en free-lance, vous intervenez dans des séminaires d'entreprise pour ajuster au mieux les compétences de chacun aux différents postes. Oui, je comprends, c'est incroyable le nombre de gens qui ne sont pas à leur juste place. Je vous approuve bien que nous ne parlions certainement pas de la même chose. Je fais semblant de vous écouter et ne peux pas vous prendre au sérieux ; l'idée que les métiers comme le vôtre sont engendrés par un système auquel je ne peux souscrire me coupe de vos explications. Je vous écoute et une barrière est dressée entre nous, l'univers que vous me décrivez n'a rien en commun avec le mien, vous pourriez être guérisseuse d'une tribu peule, vous n'en seriez pas moins étrange à mes yeux. Pire encore, je dois bien me l'avouer : vous seriez guérisseuse d'une tribu peule vous éveilleriez ma curiosité, tandis que rien dans ce que vous me révélez de vous ne me donne envie d'en savoir plus.

Vous parlez.

Ne voyez-vous donc pas que je ne vous écoute pas ? Nous sommes deux espèces totalement séparées, nous partageons la même planète, nous usons du même langage et d'un minimum de codes sociaux, mais là s'arrête la ressemblance. Je ne vous écoute plus, je cherche des comparaisons, imagine la rencontre entre un sapiens sapiens et un australopithèque. Deux branches d'une identique race. Les paléontologues nous ont expliqué que plus rien ne liait ces deux-là, leur accouplement était stérile. Vous qui vous présentez comme psychologue, ne comprenez-vous donc pas que vous avez en face de vous un vieil australopithèque ? Il ne vit pas dans votre univers, son espèce va s'éteindre sans doute, il est dépassé. Je souris. Dans mon petit cinéma mental, je me suis forcément donné le rôle de la victime, du soumis. Je reconnais là mon masochisme latent. Ou plutôt ma vanité : il y a de la grandeur à être vaincu. À vouloir subir le martyre pour ses convictions. Que l'on m'écorche vif, m'arrose d'urine bouillante et m'écartèle entre quatre chevaux, mon corps n'est rien, mon âme atteindra l'extase de l'orgueil suprême.

De nouveaux craquements dans les haut-parleurs interrompent vos explications.

Et le silence qui les suit engendre une nouvelle fois des rires nerveux. Le sucre des smarties a redonné un peu de couleurs à mes joues, j'apprends. Je vous suis reconnaissant de l'information, je reprends couleurs, je reprends vie. Je détends mes jambes en les glissant au plus loin sous le siège de devant. J'ai mal au dos, je me sens engourdi. Sans l'idée du suicidé quelque part dehors, je trouverais ma position confortable, je suis mieux ici que partout ailleurs. Je masse mon sternum. J'ai hésité jusqu'au dernier moment avant de prendre l'avion, puis j'ai de nouveau hésité en gare Montparnasse avant de monter dans ce train. Je n'ai aucune envie de rentrer à la maison, mon retour scellera ma faillite. Je n'ose imaginer les traites, les factures impayées qui me guettent. Sans doute y aura-t-il aussi des avis de recommandés jamais réclamés, des mises en demeure. Je suis ruiné, je ne sais pas trop comment les choses vont se passer, il est probable que je sois contraint de vendre mon appartement, la dernière de mes propriétés, je n'ai déjà plus d'automobile depuis des années. J'ai utilisé l'argent qui me restait pour me soûler hier, le billet d'avion, heureusement je l'avais en poche, ceux qui m'avaient invité à Chypre m'avaient offert un aller-retour. J'avais exigé un billet open, je disposais de deux mois pour choisir une date de retour. J'ai profité jusqu'au bout de ma liberté sous contrainte. Je n'ai même pas de billet de train, pas de réservation. J'avais imaginé, alors que le train partait, la manière dont j'aurais déclaré au contrôleur mon irrégularité. Je me fais ce genre de films. Je me voyais expliquer que je suis sans le sou et totalement insolvable. Profiter des miettes d'avantage de ma situation. À celui qui n'a plus rien, que peut-on prendre ? Je me demande comment vous auriez réagi. Auriez-vous eu un petit mouvement de recul ? Comme si voyager sans billet faisait de moi un danger potentiel. La banqueroute n'est pas une maladie contagieuse. Je ne veux pas penser à ce qui m'attend à l'arrivée. J'ai fui une vie morte et je m'apprête à réintégrer une vie morte. Ce que je faisais à Nicosie ? *J'évitais le concret…*

Ce doit être terrible pour les conducteurs, dites-vous.

Oui, certainement. Apercevoir un corps allongé sur les rails et ne pas pouvoir freiner. J'ai souvenir d'avoir entendu une émission sur France Culture à ce sujet, je vous raconte, un reportage. Des conducteurs ne s'étaient jamais remis d'avoir roulé sur un corps. D'autres avaient pris les choses avec indifférence, ne voyant pas pourquoi ils devraient se torturer pour quelque chose dont ils n'étaient pas responsables. Toujours cette même dichotomie : qu'un événement survienne, certains témoins en seront traumatisés à vie, d'autres sauront ériger les défenses qui les protégeront du choc. Après les guerres ou les cataclysmes, certains reprennent leur vie comme si rien ne s'était passé, d'autres en sont incapables. Un paradoxe que doit affronter tout psychologue, non ? Oui, me répondez-vous. Et je vous sens brusquement très loin, vous êtes descendue en vous, vous affrontez une pensée déplaisante, je vous observe, vos yeux se sont plissés, vos pattes d'oie se creusent. Je quitte votre visage, un triangle de peau est visible à la naissance de vos seins, entre l'échancrure de votre pull et les enroulés de vos écharpes. Je relève la tête, vous vous tournez vers moi.

8

Si j'ai déjà été confronté au suicide ?

Je laisse refluer une seconde le choc de votre question. Vous êtes brutale. J'aurais tant à raconter, je sens les mots qui s'assemblent, les histoires qui ne demandent qu'à être dites. C'est ainsi, les histoires sont faites pour être propagées. Je souffre de les avoir tues. Je souffre de n'avoir jamais mis en pratique ce que je conseille aux autres. Je secoue la tête, un peu stupide, hésitant, je veux dire non, je dis oui et ce oui m'oblige maintenant à parler, alors – plutôt que de mentir ou de me rétracter – j'ajoute : indirectement oui. Ce qui n'est pas la vérité tout à fait. Ma main se porte une nouvelle fois à la poche de mon jean, c'est devenu un réflexe depuis deux mois, je sens la forme dure de la douille, un fossile de drame dans ma poche, c'est le suicide le plus récent auquel j'aie été confronté, cette histoire sera parfaite, elle permettra de ne pas raconter les autres, j'hésite encore un instant, aimerais me taire et brusquement la digue cède, tant pis pour vous, j'ai besoin de dire cette histoire de balle, je la supporte, il faut que je la dépose sur d'autres épaules, les vôtres, anonymes, conviendront parfaitement ; après tout une fois ce train redémarré et parvenu à sa destination, jamais nous ne nous reverrons, je ne vous demanderai pas votre téléphone, je ne souhaite pas vous draguer, vous séduire, je parle alors, j'extrais de la poche de mon pantalon la petite douille, je vous la montre, je vous dis qu'il s'agit d'un cadeau reçu il y a pile deux mois, je vous explique que cette douille n'a pas quitté mes poches depuis, sauf ce matin quand j'ai pris l'avion, je l'avais glissée dans mon sac de peur de me la faire confisquer aux contrôles. Elle a voyagé en soute. Je ne sais pas quelle arme tire ce genre de balles, des revolvers, des armes de poing, je n'y connais rien en calibres, en diamètres, en balistique. Mon savoir provient des films et des polars. Les rainures sont la carte d'identité de la douille, elles permettraient de savoir quelle arme précise a tiré ce projectile. Voyez-vous, je doute pourtant que l'arme existe encore puisque cette douille est vieille. Un percuteur a frappé cette balle en 1974, elle a définitivement quitté le magasin de l'arme un 21 juillet et s'est élancée j'ignore contre qui, pas plus que je ne sais si elle a fait mouche. L'arme dont le chargeur a contenu la balle peut avoir été détruite depuis, elle peut avoir été jetée, avoir été conservée en souvenir. Je ne sais rien non plus de la main qui tenait ce revolver, du doigt qui a pressé la gâchette. L'arme appartenait à un soldat, c'est certain, un soldat turc, m'a-t-on certifié, parce que la douille correspond au calibre utilisé par l'armée turque. Ce soldat est peut-être mort quelques minutes après avoir tiré cette balle, ou hier des suites d'un cancer, ou vit-il encore, grand-père, retraité de l'armée, artisan, employé de bureau, paysan, retourné en Turquie ou colon sur les territoires occupés du nord de l'île. Il serait fastidieux d'énumérer les infinies hypothèses. Cette douille a été ramassée sur un champ de bataille, à côté du corps d'un jeune soldat, parmi d'autres douilles, aussi est-il impossible de savoir si elle enveloppait une balle qui fut mortelle.

Je sais peu de chose sur l'histoire que je vais vous confier.

À Chypre, je me suis rendu pour animer un atelier d'écriture, j'y allais pour quinze jours, un travail agréable qui me laissait le temps de voir le pays et visiter Nicosie, vous savez *la dernière capitale divisée du monde*, comme ils se vantent à l'office du tourisme. Je vous fais grâce des détails, du voyage, de mon arrivée sur l'île, de ma découverte de la ville, il y aurait beaucoup à dire et je crains de me perdre dans les digressions, j'y allais croyant retrouver quelque chose de l'ambiance grecque, je me trompais, Chypre n'est pas la Grèce. Sachez juste que j'avais un rendez-vous, la veille du premier atelier, avec un Chypriote, ami d'un ami. C'est lui qui m'avait proposé de venir animer l'atelier, je ne l'avais jamais rencontré. Vous connaissez maintenant mon métier, j'ai simplifié tout à l'heure en me présentant comme animateur, je n'ai pas tout dit : j'anime des ateliers d'écriture, j'aide des gens à écrire. Je travaille auprès de médiathèques, d'associations, d'écoles, de collectivités locales. De temps en temps, c'est le jackpot : je travaille pour les instituts français à l'étranger, les centres culturels, les alliances. Ce n'est pas mieux payé, mais ça me permet de voyager, de séjourner quelques semaines dans un autre pays ou de faire des allers-retours fréquents, comme ce fut le cas à Turin, il faudrait que je vous raconte mes voyages en train l'an dernier. J'en reviens à Nicosie – pas de digressions, ai-je promis –, j'ai passé une nuit très agitée dans la capitale, j'étais à l'intérieur des remparts étoilés de la vieille ville, le vacarme d'un chantier en face de la fenêtre de ma chambre m'a réveillé dès six heures du matin. Dans les hôtels, je dors souvent mal la première nuit, il me faut un temps d'adaptation. Le changement de lieu, l'énervement du voyage, les nouvelles odeurs, les différences de climat, mille raisons expliquent ma quasi-insomnie. J'avais un jour pour voir la ville et rencontrer l'homme qui avait suggéré mon nom. Très tôt, je me suis retrouvé à arpenter les rues de la capitale. J'ai peur de vous lasser aussi je serai bref, le centre de Nicosie est un étrange mélange de ville touristique et de ville fantôme. Aux côtés des enseignes internationales s'ouvrent des rues en ruine, des façades calcinées protégées par les casques bleus de l'ONU. C'est la fameuse ligne verte, nommée ligne Attila par les Turcs, un no man's land en plein cœur d'une capitale européenne, des bâtisses défigurées par la guerre, pétrifiées par le temps, muséifiées comme des fossiles. Poutres calcinées fichées dans des murs calcinés. Toitures effondrées sur des bâtisses effondrées. Là, le long de cette ligne saccagée, des artisans ont installé leurs échoppes : des ferronniers et des menuisiers principalement qui travaillent dans de vieux immeubles aux devantures pelées. J'étais fasciné, j'ai marché toute la matinée.

Un jeune enfant passe en courant dans l'allée du train.

Votre regard le suit, l'enfant a cessé de pleurer, il rit, il est châtain très clair, ses cheveux frisent sur ses tempes, un garçon. Je reprends mon récit. L'ami d'ami que je devais rencontrer m'avait donné rendez-vous dans un café de la vieille ville, il m'avait clairement expliqué comment m'y rendre. C'était le dernier mail que j'avais reçu avant mon départ, je l'avais lu dans un cybercafé, je ne pouvais pas l'imprimer, j'avais soigneusement recopié les indications. Cet homme, si j'avais bien compris, était professeur, il avait enseigné de nombreuses années à Athènes avant de revenir à Nicosie, en 1992, lorsque la première université de l'île avait ouvert ses portes. Il avait participé à plusieurs colloques en compagnie d'un ami universitaire à Nantes. Ils avaient parlé de moi, un soir, à Rome, m'avaient-ils dit. Le centre culturel français cherchait un animateur d'atelier d'écriture pour un stage de quinze jours. Des hasards propices. À l'heure dite, je me suis rendu au café, il s'agissait d'un petit troquet que l'on pourrait qualifier de pittoresque, rien à voir avec les multiples bars à l'occidentale que j'avais aperçus çà et là au fil de ma promenade. Le café se trouvait non loin d'une épicerie russe, c'était mon repère, МОСКВА МАРКЕТ, *Russian Products*, j'ai trouvé l'épicerie, je n'ai vu que des Philippins à l'intérieur. J'ai trouvé le café. Je suis entré, il était désert, j'étais le seul client, il était quatorze heures, j'ai avisé un homme âgé assis dans le fond de la salle, j'ai commandé une bière, en anglais. Le vieillard m'a regardé en silence sans paraître comprendre un seul mot, j'ai répété, *beer*, j'ai tenté en grec, *μπύρα*, *bira*, et j'ai fait signe que je voulais une petite bouteille, *small, μικρός*. Toujours sans un mot, l'homme s'est levé de la chaise de plastique tressé, il est passé derrière le comptoir, je l'ai vu saisir une grande bouteille de bière, une bouteille d'au moins un litre, je l'ai appelé, je lui ai dit que je ne voulais pas un litre de bière, je lui ai fait signe des mains, j'ai dit non, un des rares mots que je possédais, *όχι*, mais il a décapsulé la bouteille, m'ignorant totalement, puis l'a déposée sur ma table. Son obstination à ne pas m'entendre m'a mis hors de moi. Pour des raisons que j'ignorais cet homme avait décidé de me nier. J'ai refusé la bière et il m'a copieusement insulté, pas besoin de traduction pour le comprendre. La scène virait au ridicule : dans n'importe quelle autre situation je me serais levé et j'aurais quitté le café mais j'avais rendez-vous avec quelqu'un que je ne connaissais pas, dont j'ignorais le numéro de téléphone portable. Partir était hors de question. À mon tour j'ai haussé le ton, l'absurde acharnement du vieil homme m'agressait, j'ai abandonné l'anglais pour répondre en français, comme nous ne nous comprenions absolument pas, autant ne plus faire d'efforts, ai-je pensé. Le vieillard s'emportait, il a fait de grands gestes si bien que je me suis levé, j'ai craint un instant qu'il n'en vienne aux mains, j'ai senti ma colère devenir violence. Visiblement il n'appréciait pas qu'un touriste entre dans son établissement. Son hostilité a brusquement eu raison de ma patience. Une violence terrible contractait ma gorge. Je suis désolé de vous raconter tout cela mais ce n'est pas innocent, ce prélude est lié à la suite. Je vous jure que je ne suis pas quelqu'un de violent, pourtant là, à cette seconde, débarquant dans un pays inconnu, ayant passé une mauvaise nuit dans un hôtel bruyant, j'étais prêt à me battre, il s'en est fallu d'une fraction de seconde peut-être pour que je me jette sur ce pauvre vieillard gesticulant et haineux. Un cri joyeux a retenti dans mon dos, une sorte d'exhortation riante, comme on rappellerait à l'ordre un animal récalcitrant. Je me suis retourné, un homme soigné, d'une cinquantaine d'années se tenait près de la porte, les cris du vieillard m'avaient empêché de l'entendre entrer. L'homme visiblement s'amusait à nous regarder, il a fait un pas dans notre direction, a prononcé mon nom et, sans attendre de réponse de ma part, a parlé au tenancier. J'écoutais sa voix calme et rieuse, je me sentais doublement ridicule de m'être énervé à ce point et d'avoir été surpris hors de moi. Le nouvel arrivant a parlé peut-être une minute, sans s'interrompre, sans que le vieillard ne réplique quoi que ce soit. Mon sang pulsait à mes tempes. J'ai eu peur de ma propre colère, mon cœur battait à une vitesse effrayante. Quoi ? encore une seconde et mon poing partait contre le visage du vieil obstiné. Je me sentais comme un enfant pris en faute, un gamin stupide et bagarreur. En silence, le vieillard a récupéré la bouteille de bière et a rejoint son comptoir. L'homme alors a éclaté de rire, bienvenue à Nicosie, a-t-il dit à mon intention en me serrant la main avant de me faire signe de me rasseoir. J'étais partagé entre le désir de me justifier et celui de gommer l'absurde dispute, c'est lui qui a parlé en premier dans un français excellent, me demandant si j'avais eu le temps de faire des rencontres plus agréables. Lorsque j'ai tenté de dire un mot sur la dispute, il a de nouveau éclaté de rire et a proposé qu'on boive quelque chose. J'ai demandé une bière, une petite, même si toute envie de boire quoi que ce soit dans ce lieu m'avait quitté, il s'est levé, a passé commande et le vieillard est revenu poser silencieusement sur notre table une bière de 33 cl et un café.

Vous me fixez maintenant de votre regard si clair.

Vos yeux s'échappent peu des miens, pas longtemps, pour regarder les mornes champs de l'autre côté de la vitre. Peut-être vous demandez-vous où je veux en venir. Je continue mon histoire. Cette stupide altercation m'avait mis dans un état pathétique, j'avais les nerfs à fleur de peau, la violence amassée avait du mal à refluer, elle formait un voile rouge entre le monde et mes sens, j'avais du mal à l'ignorer. Mon interlocuteur m'a dit de me détendre, qu'il ne fallait pas que je m'en fasse, que l'hostilité n'était pas dirigée contre moi personnellement, plutôt contre l'étranger que j'étais. Vous trouverez probablement d'autres personnes ici qui se méfieront de vous, ou qui vous paraîtront agressives, n'en prenez pas ombrage, notre nation est minuscule, m'a-t-il dit, et les traces des drames du passé sont encore très présentes. Et bientôt, sans que je sache comment les choses se sont enchaînées, l'homme me racontait la guerre de 1974, l'invasion turque qui répondait à la poussée ultranationaliste décidée par les colonels d'Athènes, la guerre éclair de trois semaines, les terribles affrontements. Chypre est une nation si jeune, quand êtes-vous né ? me demanda-t-il. Je répondis. 1970, il répéta plusieurs fois l'année de ma naissance. Chypre n'a que dix ans de plus que vous, me dit-il, c'est insignifiant pour un pays. Égyptienne, puis achéenne, assyrienne, perse, romaine, française, vénitienne, turque et anglaise, l'île a – tout au long de son histoire – été un cadeau que l'on se passait, un jouet que l'on confisquait, une pièce lancée en l'air que la première main venue saisissait au vol. Elle n'est devenue une nation que dix ans avant votre naissance, c'était hier, mes parents m'ont si souvent raconté les festivités du jour de l'indépendance, j'en ai des souvenirs estompés, j'étais un très jeune enfant, je ne suis plus certain de la réalité de certaines scènes, par exemple je revois mon père danser avec son frère, je les revois tourner et tourner, ivres l'un comme l'autre, tourner jusqu'à s'effondrer au sol en riant, les bras et les jambes de mon père emmêlés avec ceux de mon oncle, et les deux hommes braillant de joie. Cet épisode, ma mère me l'a si souvent raconté que je ne sais plus si je l'ai réellement vu ou si je l'ai assemblé à partir des récits de la légende familiale. Vous m'excuserez de me placer dans l'histoire de mon pays, je suis plus âgé que vous. L'homme attrapa sa tasse et la reposa sans y porter les lèvres, il reprit : Très vite, des dissensions entre la majorité orthodoxe et la minorité musulmane sont survenues. L'enfance de notre nation n'a été qu'un long conflit entre les deux communautés, marqué par de nombreux attentats et de régulières explosions de violence. Dès mars 1964, l'ONU envoya des casques bleus faire tampon entre Chypriotes grecs et Chypriotes turcs. Lorsque, en 1974, le gouvernement fut renversé par un coup d'État, les Turcs prirent peur. C'est la version officielle. Ils virent la marque des colonels grecs derrière cette action, ils craignirent que l'île soit annexée par la Grèce. L'hypothèse n'était pas tout à fait infondée, une partie de la population libérée de la domination anglaise souhaitait se rallier à la Grèce, même si celle-ci était sous la coupe d'un régime autoritaire. Les gens portaient le rêve d'une grande Grèce renouant avec son prestige antique, on appelait cette hypothèse l'Enosis, l'union. L'homme aux cheveux presque blancs coupés court, à la veste de velours d'un autre âge, se tut un instant. Le vieillard du café avait repris place sur sa chaise de lanières, il fixait un espace vide, au-delà de la porte. La colère avait reflué, je regardais le vieil homme du coin de l'œil et je voyais un mannequin creux. Que faisait cet homme dans ce café ? N'y a-t-il pas de retraite dans ce pays ? Autant de questions que je n'ai pas pu approfondir puisque mon interlocuteur a poursuivi son récit. Le 20 juillet 1974, l'armée turque a envahi l'île. On sait depuis que l'invasion avait été soigneusement préparée en concertation avec la CIA. La Turquie était membre de l'OTAN, les Américains appréciaient d'avoir des bases stratégiques dans cette région du monde enclavée entre communisme et régimes musulmans. Il y avait aussi des enjeux énergétiques à défendre, des passages de gazoducs. Nous sommes à un jet de pierre d'Israël. Vous savez, me dit cet homme, les impératifs politiques vieillissent mal. Ce qui était une nécessité en 1974 paraît une aberration quelques années plus tard. Cela n'engage que moi, précisa mon interlocuteur, mais je crois qu'à l'époque, les États-Unis souhaitaient développer en Europe une politique interventionniste forte, à l'image de ce qu'ils avaient commis en Amérique centrale et en Amérique du Sud. La guerre de Chypre permit aussi à la Grèce et la Turquie de régler leurs comptes de manière indirecte. Bref, l'homme fit un vague geste de la main, comme pour chasser ses propres paroles, l'opération Attila fleurit dans le ciel un beau matin d'été. Des milliers de parachutistes masquaient le soleil, des mannequins d'abord, pour servir de leurres, des milliers de mannequins dans les airs et quelques vrais militaires en repérage dissimulés dans la masse. Puis ce fut le vrai parachutage et la flotte turque aborda vite les plages. L'ONU s'interposa mollement et les officiers dessinèrent une ligne verte sur une carte d'état-major, un trait grossier qui divisait l'île en deux parties inégales. Un tiers pour la Turquie, deux tiers pour les Chypriotes. On parla de Chypre dans les journaux, il se tint plusieurs conférences internationales. C'était une guerre en Europe, mais ce n'étaient que cinq ou six milliers de morts, autant dire une peccadille sur la balance internationale de l'horreur. On parla de règlement de comptes, on minimisa, on dit que la Turquie intervenait pour rétablir la démocratie. Et, depuis, rien ou presque n'a changé. Le Nord possède un régime que nul ne reconnaît hormis les Turcs, et le Sud a accueilli des dizaines de milliers de réfugiés, des familles qui ont perdu leurs terres et leurs biens dans cette guerre éclair.

L'homme fit une nouvelle pause, je l'écoutais avec attention, j'avoue que je ne m'étais pas préoccupé de connaître dans les grandes lignes l'histoire chypriote. Les événements dont il parlait dataient d'à peine trente-cinq ans, les gens que je rencontrerais auraient pour la plupart connu cette guerre. Le vieil homme buté du café avait été en âge de prendre les armes, sans doute était-il déjà père à cette époque. Peut-être l'un de ses fils avait combattu. Les cicatrices s'effacent lentement. Ces choses sont importantes à connaître, fit mon interlocuteur, même si vous ne passez que deux semaines ici.

Et il me raconta l'histoire de la balle dans la nuque.

Cette balle, vous dis-je en prenant la douille entre mon pouce et mon index. Et cette histoire de balle dans la nuque acheva de me faire basculer, c'est certain. Je ne sais pas pourquoi cette histoire-là, particulièrement, me toucha à ce point. Des tragédies, il y en a de telles quantités, il suffit de lire le journal, d'écouter la radio le matin, de regarder n'importe quoi à la télévision ; les fictions, les documentaires et les informations se livrent à une compétition acharnée de l'horreur. Vous me comprenez certainement, vous ai-je demandé, et vous avez senti qu'il était inutile de me répondre. Pourtant tout glisse, ai-je continué, tout ce que j'entends d'habitude me traverse sans me blesser, comme si j'avais perdu ma capacité à m'indigner, à me révolter, à m'émouvoir.

Une voiture calcinée par un attentat, un avion abîmé en mer, un train couché, un bus criblé, les graves visages déformés par les pleurs et la douleur, le regard absent de celui qui a été arrêté avant d'enclencher la mise à feu de sa ceinture d'explosifs, rien ne m'affecte réellement, rien n'a de prise sur ma vie. Et c'en est presque heureux, il serait impossible de vivre en empathie avec les victimes des drames ; tant de catastrophes chaque jour videraient jusqu'à notre dernière parcelle d'énergie. Nous devons nous blinder, vivre en sachant que d'autres meurent, je ne dis là que des banalités. Nous pouvons agir un peu, signer un chèque à une ONG, soulager notre mauvaise conscience. Certains arrivent à faire de l'ironie sur les tragédies lointaines. C'est brillamment exprimé par Lucrèce, pardonnez-moi pour cette citation, lors des ateliers d'écriture j'en use de temps à autre, en guise de vernis littéraire. D'ailleurs, pour être tout à fait honnête, je n'ai pas lu Lucrèce, c'est Montaigne qui le cite dans le troisième livre de ses *Essais* : « Il est doux, quand sur la vaste mer les vents bouleversent les flots, de contempler de la terre les épreuves d'autrui. » C'est ce que Montaigne nomme « l'aigre-douce pointe de volupté maligne à voir souffrir autrui ». Sans atteindre ce degré de détachement, j'avoue que j'ai passé ma vie à me caparaçonner contre les drames. J'y parvenais, me semble-t-il.

Excepté pour l'histoire de la balle dans la nuque.

9

Cette histoire-là, entendue dans ce café, m'a totalement ébranlé. Il faut imaginer un homme, maintenu par deux soldats, prisonnier, vaincu, et se dire que cet homme va recevoir une balle dans la nuque. Il sait qu'il va mourir, il attend l'instant où la balle viendra perforer ses cervicales, éclatera l'os et ressortira par sa bouche en arrachant ses dents et ses lèvres au passage ; à moins que la balle ne soit farceuse, qu'elle ne ripe sur la vertèbre pour mieux glisser vers le haut, transpercer la boîte crânienne et ricocher à l'intérieur, hachant tout ce que protège l'os. Je n'y connais rien en balles, je vous l'ai dit, je sais que ce type de munitions existe : des projectiles conçus pour rebondir à l'intérieur du corps, suivre le chemin de l'os et causer le maximum de dégâts. Mon savoir vient des livres, j'avais lu un récit de guerre où un combattant touché au bras était haché par une balle remontant l'humérus pour se loger dans la cage thoracique. Pardonnez mes digressions, j'en reviens à l'homme qui va mourir, il a vingt et un ans. Je connais maintenant l'âge de celui qui me raconte l'histoire, il en a cinquante-huit. L'homme qui va mourir est le jeune frère de celui qui me parle. Ce qui frappe, d'abord, c'est que l'homme qui parle raconte l'histoire au présent alors que les faits datent de 1974. L'homme qui va bientôt mourir dans le récit est mort – réellement – voici trente-cinq ans, mais pourtant son histoire est relatée comme si elle se déroulait sous mes yeux, dans ce café désert. Le jeune frère est fait prisonnier par l'armée turque, j'ignore les détails de l'opération, le déroulé de la bataille, l'essentiel est qu'il soit prisonnier, désarmé, cela se passe le lendemain de l'invasion, le 21 juillet 1974, l'homme qui va mourir s'est rendu, il a levé les bras, les Turcs évacuent leurs blessés et leurs défunts, ils rassemblent les prisonniers, une petite poignée de soldats. Un officier s'approche du jeune frère de l'homme assis devant moi dans ce triste café. L'officier dégaine son revolver. Peut-être les yeux du jeune homme roulent-ils de surprise, peut-être est-il résigné à son sort, peut-être a-t-il peur, peut-être croit-il à un bluff. L'officier donne un ordre et deux soldats se saisissent du jeune combattant, ils l'extraient du groupe des prisonniers. Pourquoi lui ? S'était-il particulièrement distingué durant la bataille ? A-t-il manifesté une quelconque émotion à l'arrivée de l'officier ? Son visage a-t-il exprimé de la colère ?

Du dégoût ? De la morgue ? De la haine ?

Dans ce train à l'arrêt, je vous raconte cette si vieille histoire entendue dans un café minable, votre visage n'exprime rien de précis, vous écoutez, je sens que vous écoutez intensément mes mots sans pour autant perdre le contrôle de vos émotions. J'en suis à ce que m'a raconté l'homme, à savoir que personne n'a jamais compris pourquoi son jeune frère a été conduit devant l'officier. Plus tard, les témoins jureront que pas un mot entre l'officier et le jeune soldat n'a été échangé. L'officier donne un autre ordre et le jeune homme est contraint de s'agenouiller, de dos à l'officier. La scène me paraît si nette, parfaitement dessinée : quatre corps dans l'espace sur fond de ruines, quatre silhouettes imprécises puisque les visages importent peu, les gestes se gravent dans l'air, les mouvements deviennent des symboles de haine absurdes. La scène est à Nicosie : un prisonnier est à genoux, sa tête certainement penchée vers sa poitrine, sa nuque largement découverte, tandis qu'un officier se tient à deux mètres de son dos, une arme dans la main, pointée vers la nuque. Deux soldats de part et d'autre du prisonnier font pression d'une main sur ses épaules. Photographiée, la scène ferait le tour des journaux, deviendrait une icône supplémentaire, serait sans doute sérigraphiée sur des tee-shirts de militants pacifistes. Une enfant brûlée au napalm court nue, un soldat les bras en croix est fauché par une balle, un moine de Saigon assis en tailleur brûle pour la paix ;

ce groupe de quatre hommes pourrait rejoindre le panthéon des images de la mort à l'œuvre. L'officier attend, un temps, et l'homme qui me racontait la mort de son frère excluait que ce temps ait été provoqué par un élan de conscience, par une hésitation. Non, l'homme qui me racontait la mort de son jeune frère m'a dit que l'officier avait attendu parce qu'il savait que chaque seconde était une torture, parce qu'il savait qu'à chaque seconde son pouvoir se démultipliait, il était le dieu provisoire et grotesque d'un instant, il était l'espoir et la mort, il jouissait de son pouvoir sans limite. Et le prisonnier agenouillé ? Croit-il encore à un bluff ? Hait-il l'officier turc ? Comprend-il qu'ils ne sont tous que des symboles, des écussons cousus sur une trame bien plus complexe ? S'indigne-t-il d'une violation aussi grossière de la convention de Genève qui précise depuis 1949 que les prisonniers doivent être traités avec humanité ? Pense-t-il seulement ? Personne n'en sait rien, on ne peut pas s'imaginer ce qui se tient dans la tête d'un homme qui va mourir, c'est impossible, personne ne peut se mettre à sa place, ni les autres prisonniers qui seront épargnés et témoigneront à la fin de la guerre, ni l'homme qui me racontait l'histoire de son frère dans ce café de Nicosie, ni moi qui vous la raconte à nouveau, ni vous-même qui m'écoutez dans ce train, personne ne sait comment la peur ou la colère ou la résignation ou la confusion peuvent altérer les pensées. L'officier laisse s'écouler une dizaine de secondes et il abat le prisonnier désarmé d'une balle dans la nuque. Soldats turcs comme prisonniers chypriotes grecs, tout le monde sursaute lors de la détonation, j'imagine. En terme de codes internationaux, le prisonnier a été assassiné par l'officier turc. Il ne s'agit plus là de guerre mais bien d'homicide. Nul ne comprendra jamais les raisons de cet acte, m'a dit l'homme qui n'avait pas plus bu son café que moi touché à ma bière, car nul ne peut concevoir ce dont l'homme est capable en temps de guerre. Massivement les barrières morales s'effondrent. Nous étions toujours les deux seuls clients, le vieillard assis dans le fond de la minuscule salle regardait le vide devant lui, comme s'il avait compris le sens de notre conversation, comme s'il observait un fantôme visible à ses yeux seuls. L'homme en face de moi m'a dit qu'il vivait avec cet assassinat depuis trente-cinq ans, avec l'injustice d'une balle propulsée à plus de mille mètres seconde vers une nuque, fracassant les vertèbres d'un être sans défense, broyant sa vie en un millième de seconde. Il s'en réveillait encore la nuit, croyant entendre le bruit sec de la détonation. Il avait dû apprendre à tenir la mort de son jeune frère à distance, il n'avait pas été témoin du meurtre, un ami de son frère, capturé en même temps que lui, lui avait raconté la scène en quelques mots maladroits. Il n'avait rien vu personnellement, il avait appris la mort de son frère au bout de plusieurs jours, l'île était désorganisée par la guerre, il y avait eu plusieurs cessez-le-feu interrompus par des combats sporadiques ou de franches reprises des hostilités. Une fois la ligne verte tracée et les armes reposées, il s'était rendu sur les lieux de l'exécution. Mon interlocuteur a alors employé une curieuse expression : par chance, a-t-il dit, mon frère est mort du bon côté de la future frontière. J'ai beau savoir que l'expression est machinale, je ne voyais pas la trace d'une quelconque chance dans le récit que j'entendais. L'homme avait foulé le sol où son frère était mort. Il y avait des traces de feu, des éclats d'obus, des shrapnels, de vagues taches au sol. Là, à l'endroit où l'on avait ramassé le corps de son frère, il avait remarqué de nombreuses douilles, il en avait cueilli une, celle-ci, celle qu'il a posée sur la table du café. L'homme a plusieurs fois entendu le récit de la mort de son frère, il y avait de nombreux témoins, deux soldats prisonniers sont parvenus à s'enfuir et à raconter très vite cet assassinat, d'autres ont été déportés et il s'est écoulé de nombreux mois avant qu'ils ne rentrent et ne racontent eux aussi la même histoire. Au fil des ans, les mots avaient germé dans l'esprit de mon interlocuteur, ils étaient devenus d'épaisses phrases qui donnaient toujours de nouveaux rameaux et colonisaient son esprit. Il avait tellement repensé à cette histoire qu'il ne savait plus avec exactitude ce que les témoins avaient réellement dit. L'homme s'était tu, comme s'il émergeait d'un naufrage. Il m'avait regardé et s'était excusé de m'avoir raconté ces vieux souvenirs, il avait conclu par ces phrases étranges : Mon frère est peut-être tombé au front, ou a peut-être été abattu alors qu'il fuyait, je ne sais rien, en fait. Les récits qui sont faits de la guerre sont tellement marqués par l'idéologie, la colère, la vengeance, la haine et la propagande. La vérité ne réside pas dans les mots. Je vis peut-être depuis trente-cinq ans avec une fiction, les conflits ont besoin de martyrs pour attiser la ferveur des soldats. Il était retombé dans le silence et je n'osais le déranger. Je pensais aux traces de la guerre, aux cicatrices d'autant plus présentes que de nombreux corps sont encore manquants. L'homme a repris, c'était comme s'il continuait à voix haute une phrase muette : la coopération entre la République chypriote grecque et la République chypriote turque est récente, les gouvernements se sont mis d'accord pour identifier les ossements des combattants. Plus de 1 500 soldats sont encore portés disparus de nos jours, savez-vous, m'a-t-il demandé, et je n'ai pas essayé de répondre à sa question tellement il est évident que je n'en savais rien.

Votre regard, je le sens, me quitte pour fixer un point dehors avec une telle insistance que j'interromps mon récit et me retourne.

Rien à l'extérieur du wagon, les champs toujours, la nuit arrive, les ombres des quelques arbres au loin sont longues, les sillons sont éclairés par la lumière rasante. Pardonnez-moi, vous excusez-vous, vous avez cru voir… et vous ne terminez pas votre phrase. Je crains de vous ennuyer. Vous vous demandez pourquoi je vous raconte cette histoire alors que nous avions commencé à parler du suicide ? Non, non, je peux continuer.

Vous ne savez pas où je veux en venir.

J'ai bientôt fini. Après avoir évoqué des choses banales comme le climat de Chypre, les gens qui travaillent au centre culturel français, le stage d'écriture que j'allais mener dès le lendemain, l'homme a récupéré la douille de la balle, je ne l'avais pas touchée. Il l'a glissée dans la poche de son veston de velours, il s'est levé, il a absolument tenu à régler ma bière à peine bue pour s'excuser de l'accueil que j'avais reçu, m'a-t-il dit en souriant, et nous sommes sortis du café. Dans la rue, voyant qu'il allait prendre une direction opposée à la mienne, j'ai serré la main de cet homme et je l'ai quitté sur une dernière parole. À charge de revanche, ai-je dit. Je faisais allusion aux consommations, j'étais certain de le revoir avant mon départ et de pouvoir lui offrir à mon tour un verre. Le lendemain, dès mon arrivée au centre culturel où se tenait le stage, j'ai appris qu'il s'était suicidé dans la soirée.

10

Vous frissonnez, pardonnez-moi.

Je ne souhaitais pas être dramatique, je suis idiot aussi de raconter, dans ce train, des histoires macabres, mais je voudrais finir, vous dire combien cette nouvelle m'a ébranlé. Cette nuit-là, pour la deuxième fois, j'avais mal dormi, j'étais hanté par le récit de cet homme, j'étais anxieux avant le premier contact avec le groupe inscrit au stage, j'avais peur de ne pas avoir les idées claires. Et on m'a appris que mon interlocuteur de la veille était mort. Il était rentré chez lui, et il s'était tiré une balle dans la bouche, avec un revolver qu'il avait conservé et entretenu depuis l'été 1974.

Balle pour balle.

J'ai eu le temps de penser aux trajets inversés des deux balles, celle du jeune frère trouant la nuque pour jaillir par le devant du visage, celle de cet homme entrant dans sa bouche pour ressortir dans son dos. Ce matin-là, j'ai commencé à lentement m'effondrer. Je ne savais rien de cet homme, rien d'autre que l'histoire qu'il m'avait léguée avant d'en finir. C'était un ami d'ami, je vous l'ai dit, un professeur qui avait connu un ami universitaire, un inconnu, quelqu'un à qui j'avais dû faire parvenir une dizaine de mails en autant de mois. Il avait eu besoin de se décharger sur moi, vous comprenez ? Et il m'avait réservé une ultime surprise. Lorsque je suis rentré à l'hôtel à l'issue de ce premier jour de stage éprouvant, l'homme de la réception m'a fait signe, il m'a donné une enveloppe en s'excusant, elle avait été déposée la veille au soir et on avait oublié de me la remettre. Je l'ai prise et j'ai compris ce qu'elle contenait, le papier était déformé par un petit cylindre dur, mon cœur s'emballait, je suis entré dans ma chambre, mes doigts tremblaient lorsque j'ai déchiré le rabat. J'ai failli lâcher la douille tellement l'émotion me rendait malhabile. Un fantôme s'était invité dans ma vie. Il y a une chose que je n'ai jamais comprise : pourquoi moi ? Pourquoi cet homme que je ne connaissais pas, que j'avais appelé par son prénom, Christos, en le vouvoyant, avait fait de moi le légataire de sa malédiction ? Avait-il planifié son suicide depuis longtemps ? Avait-il cédé à une subite impulsion morbide ? La douille, cette douille que vous n'avez pas touchée, occupait une place monstrueuse dans ma petite chambre. Sa présence n'en finissait plus de se déployer, j'allais finir par étouffer, par être écrasé contre un mur. Je ne pouvais pas respirer alors que la douille absorbait tout l'oxygène. Je ne pouvais pas non plus m'en débarrasser, jeter dans une poubelle cet objet mort. Je l'ai glissée dans la poche de mon pantalon pour ne plus la voir. Je la sentais au travers du tissu contre ma cuisse, mais au moins je ne la voyais plus ricaner. Pour la troisième fois je n'ai presque pas dormi, j'étais épuisé, mais l'esprit, lui, ne se fatigue pas, j'avais beau avoir le corps en lambeaux, l'esprit toujours me gardait éveillé.

Je me suis effondré véritablement lors de la quatrième nuit.

Un sommeil épais d'où il semble, le lendemain, que l'on a égaré une partie de soi. Un sommeil dont on ne s'éveille que partiellement. J'ai passé deux mois à Nicosie, et j'ai ressassé durant deux mois la mort d'un soldat et le suicide de son grand frère. C'est peut-être la raison pour laquelle je vous raconte à mon tour cette histoire, pour éviter qu'elle ne nidifie en moi, qu'elle s'enkyste et m'étouffe. Veuillez m'en excuser, à votre tour il vous faudra la transmettre, vous en délester très vite. Disons que nous sommes devenus vous et moi maillons d'un hommage. Tant que quelqu'un racontera cette histoire, la mémoire de ces deux hommes, fauchés à trente-cinq années d'intervalle, survivra. Fauchés l'un et l'autre par la même balle, ai-je envie d'ajouter, mais je me tais, je vous regarde, vos yeux si clairs dans les miens. Je vous fixe avec une telle attention que je peux discerner votre fond de teint, l'ombre légère dont vous avez bleui vos paupières, le rouge à lèvres discret de votre bouche, vos lèvres fines, serrées par ma faute, j'imagine. Ne vous inquiétez pas, je ne vous refilerai pas la douille, d'ailleurs je la rempoche, je garde la stèle avec moi.

Un message du chef de train évite la gêne d'un regard trop soutenu ou d'un silence trop angoissant.

On nous rappelle que nous sommes toujours arrêtés en pleine voie suite à un incident de personne. Que nous ne devons pas tenter d'ouvrir les portes. Que la SNCF s'excuse du retard occasionné. On ne nous dit rien, en fait, de petites banalités qui rassurent et font passer le temps.

C'est terrible, concluez-vous.

Oui. Et ce que j'ai fait ? Je ne me suis pas réveillé, j'ai animé deux semaines d'atelier d'écriture en gardant une douille dans la poche de mon pantalon, et avec l'argent gagné, je suis resté deux mois à Nicosie pour prolonger mon sommeil. J'ai tout claqué sur place en dépit du bon sens, j'avais besoin de faire le point, de prendre un peu de recul. Ce n'était pas en lien avec la balle, j'avais pris cette décision avant de partir, j'avais exigé un billet open, j'étais déjà miné, j'étais déjà à deux doigts de la ruine.

Vous me regardez en silence.

Vous avez posé une question sur le suicide, une question si violente que je ne peux m'empêcher de m'interroger à mon tour : mourir, avez-vous déjà songé à mourir ? Vous donner la mort, volontairement. Vous allonger sur la voie et attendre sans bouger la venue du train, figer chaque muscle au moment où tremble le rail, au moment où le bruit devient assourdissant, fermer les yeux et dominer les instincts qui voudraient vous forcer à vous relever, à rouler sur le bas-côté, à préserver votre vie précieuse. Je vous imagine échouer, vous relever à l'instant où la vibration du rail cogne douloureusement contre votre joue. Je vous vois, ramassée en boule à quelques mètres de la voie, pleurant votre lâcheté. Le conducteur vous apercevra-t-il ? Comprendra-t-il que vous étiez une minute auparavant en travers de sa route, prête à être découpée vive par les lames des roues ? Je vous vois pleurer et j'ai envie de vous prendre dans mes bras, de vous réconforter, de murmurer à votre oreille que *chut, c'est fini, chut, chut*. À défaut d'érotisme, c'est de la tendresse que je ressens pour vous à cette seconde : l'envie de vous protéger, de vous préserver.

11

Je me tais et nous pourrions passer la nuit à gratter nos pensées dans le silence. Vous l'ignorez mais je viens de rompre un pacte tacite : depuis des années les gens me confient leurs histoires, massivement. Moi, je ne raconte rien. J'anime des ateliers d'écriture, voyez-vous, j'ai beau tenter d'aller vers la fiction, vers l'imagination, je moissonne des drames. Je travaille pourtant sur la forme, sur la contrainte qui permet que surgisse une phrase singulière. Je ne demande jamais aux participants de livrer des récits de vie. Ils me l'imposent. Je propose des situations de déclenchement de l'écriture. Je propose d'oublier les réflexes de l'écrit et de faire confiance à ce qui va apparaître. Je travaille d'après des livres, d'après des auteurs, d'après des citations ou des images parfois. J'aide à ne pas être vaincu par les mots. Il ne s'agit pas de littérature, je ne prétends pas faire écrire de la littérature, non, ce serait une escroquerie, je m'efforce juste à faciliter l'émergence des mots. Le lieu de l'atelier, c'est la langue. Retenez que je ne demande jamais à quiconque d'écrire quelque chose de vrai. Les récits de vie, je n'en ai que faire. Mon travail se limite à la phrase, c'est ce que je me tue à répéter, d'atelier en atelier. Pourtant, donnez une feuille et un stylo à des gens, donnez du temps et un peu d'aplomb, encouragez-les, plaisantez un peu, détendez-les, racontez-leur qu'écrire n'est pas si difficile, redites-leur bien que l'on n'attend pas de la littérature d'eux mais des phrases qui leur ressemblent, et ils se mettront à vous exposer leurs fêlures, leurs drames. Des souffrances, des violences, des enfers j'en ai récolté de quoi encombrer mes rêves à tout jamais. Des viols, des incestes, des désamours, des renoncements, de petites blessures, des disparitions, des décès, des fissures, des pertes inconsolables, des abandons, des renonciations, des sacrifices, j'en ai tellement écouté, replaçant les règles de l'atelier, disant que je ne veux pas savoir si l'histoire est réelle ou inventée, tentant de ne parler que d'écriture, de forme, pointant çà et là des phrases maladroites, des expressions éculées ou des images trop appuyées ; luttant pour ne pas être contaminé par ce qui vient d'être déposé entre mes mains, voyant bien les yeux humides ou le visage pétrifié de celui ou de celle qui vient d'écrire noir sur blanc le grand drame de sa vie. Et revenant sans cesse à la littérature comme si elle était un rempart contre la vie, à la langue comme si elle était un véhicule construit pour ne jamais embarquer de passagers, me blindant derrière des citations et des méthodes pour évacuer la charge émotionnelle, pour mieux me protéger. Tout cela, je ne vous l'explique pas dans les détails, vous êtes psychologue, j'imagine qu'en entreprise vous en entendez aussi des vertes et des pas mûres, comme l'on dit ; j'imagine que vous récoltez vous aussi votre moisson de tragédies sordides, de bassesses et de douleurs. Donnez un peu de confiance aux gens, prêtez-leur une oreille attentive et les digues s'ébouleront bien vite. Les flots des peines et des traumatismes ne demandent qu'à envahir les plaines, qu'à se déverser jusqu'à vous. Posé sur une feuille de papier, un mot prend une importance démesurée. Les mots ne viennent jamais par hasard. *Tous les mots sont adultes*, écrit Maurice Blanchot que cite François Bon dans son livre sur les ateliers d'écriture. J'y ai pioché de nombreuses idées. La maturité des mots vient révéler mille catastrophes. Savez-vous qu'à chaque fois que je me présente devant un groupe, je tremble d'appréhension à l'idée de ce que je vais devoir entendre ; mon regard passe sur les femmes en me demandant laquelle aura le courage de raconter son viol, car les femmes semblent porter des charges plus lourdes que les hommes. Ce que j'entends en atelier d'écriture pourrait infirmer n'importe quelle statistique sur les violences sexuelles, voyez-vous. Et à chaque fois, le récit se conclut de la même manière.

C'est la première fois que j'ose l'écrire, que j'ose le dire, j'ai vécu tant d'années avec ça.

Je propose les consignes, je détends l'atmosphère, je mets les participants à l'aise, j'instaure le climat favorable, comme l'on dit, et – au moment où chacun se met à écrire – je me demande qui craquera en premier. Mon regard passe d'un visage à l'autre, je tente de discerner les fissures, j'ai peur d'un regard répondant au mien, d'une personne m'appelant pour savoir si elle a le droit d'*écrire quelque chose de très important*. Et oui, je capitule, oui, on n'est pas là pour former des écrivains, on n'est pas là pour censurer les élans, on est là pour diverses raisons, en fait. C'est compliqué de savoir pourquoi une personne participe à un atelier, et inutile de poser la question, la réponse sera toujours la même : la curiosité, et c'est déjà une raison noble, si peu sont curieux. Pourtant, cela ne suffit pas, pourquoi est-on curieux ? De quoi est-on curieux ? De l'animateur ? De l'atelier ? Ou de soi-même ? Avec le temps, j'ai appris combien divergent les motivations. Certains s'inscrivent parce qu'ils ont envie d'écrire, d'autres parce qu'ils croient sincèrement qu'ils vont apprendre à devenir écrivains, d'autres pensent que cela leur servira professionnellement, certains envisagent l'atelier comme une psychothérapie, certains veulent juste s'amuser, rencontrer des gens, se dérouiller la tête, améliorer leur français, briser une intense solitude, trouver un prétexte pour sortir de chez eux, se donner l'illusion de faire quelque chose de bien, apprendre à rédiger une lettre de motivation, fuir. La liste serait infinie, d'autant que j'use là d'approximations réductrices. Dans le fond, il n'y a jamais une raison unique qui explique un comportement, nos actes sont l'addition de facteurs multiples, vous savez cela bien mieux que moi. Et je m'obstine à prétendre que l'atelier est un lieu de plaisir, que le plus important est la découverte de textes et le gain de confiance en soi.

Nous nous taisons, vous et moi, votre regard perdu dans le soir qui arrive.

Dehors, des ombres vacillent alors que rien ne dépasse qui puisse masquer le soleil. À peine je cligne des yeux, elles ne sont plus là. Elles n'y ont jamais été. La fatigue, je me dis, je me rassure.

12

Je réentends certains lire leurs textes. À la fin de chaque séance, je propose toujours un temps d'échange, la lecture à haute voix brise l'autarcique solitude de l'écriture. Il n'est pas possible de laisser seul quelqu'un qui partage son texte, il faut que je commente ce qui a été lu. Parfois un participant débute, sa voix tremblante, mouillée, presque brisée, et je suis contaminé par l'émotion, même après toutes ces années. Je veux n'entendre que la langue et je suis éclaboussé par ce que dit cette langue. J'entends cette femme raconter que son père a commencé à la violer lorsque sa mère a changé d'emploi. Deux fois par semaine, sa mère travaillait de nuit, son père lui demandait de venir dormir avec lui, la mère les réveillait au petit matin, se gardant bien de trouver incongrue la présence d'une gamine de douze ans dans le lit conjugal. Et cette autre raconter l'année où elle a fait de la gymnastique rythmique. Son père venait la chercher, il l'attendait sur le parking du gymnase, elle montait résignée, le père démarrait, se garait un kilomètre plus loin, derrière un entrepôt, et ça se passait dans la voiture, sans un mot. Ensuite, ils rentraient, l'enfant prenait immédiatement une douche, pendant que ses parents discutaient dans la cuisine, en attendant le repas. Cela avait duré une année entière. La gamine avait décroché une médaille au championnat du printemps, elle était très à l'aise avec les rubans et les massues. Elle avait refusé de reprendre la gym l'année suivante, sa mère l'avait encouragée, sa mère ne comprenait pas pourquoi elle changeait d'avis. L'enfant avait arrêté la gym, son père n'allait plus la chercher après les entraînements et les viols s'étaient arrêtés. Voilà le genre de chose que les mots sont capables de faire resurgir. Une femme de cinquante-cinq ans qui confie un inceste vieux de quarante-cinq ans à un groupe, est-on encore dans un atelier d'écriture ? Une jeune fille, en lycée professionnel, qui ne décroche pas un mot depuis le début de la matinée, refuse d'écrire quoi que ce soit, s'égare dans la contemplation muette de sa trousse, recense une heure durant ses stylos, souffle lorsque je tente de lui parler, me renvoie un visage buté, profondément muré, et soudain écrit, raconte son enfance, tous les week-ends où elle était laissée seule à la garde de son grand-père, et l'arrestation de son grand-père, des années plus tard, pour plusieurs viols sur mineures. Cette jeune fille lisant son texte d'une voix atone, disant que tout le monde savait dans la famille, son père, sa mère, sa grand-mère, tout le monde, mais personne n'a rien dit, et personne n'a trouvé étrange alors de la laisser seule avec cet homme. Personne n'a rien dit. Voilà ce que j'entends parfois, alors que le but était d'écrire sur l'environnement, sur son quartier, sur les temps jadis, que sais-je... Et moi, que puis-je faire de son récit ? Que puis-je, à part corriger ses fautes de français, dire qu'au passé simple la première personne du singulier se conjugue en *ai* et non en *a*. Moi, ridicule de reprendre des broutilles comme *j'écouta*. Moi, pointant une belle phrase, une jolie tournure, débroussaillant le texte à la recherche de pistes nouvelles, m'en remettant encore et encore à cette fichue langue. Je ne suis pas pédagogue, je ne suis pas analyste. Comment voulez-vous que je réagisse ? Des exemples comme celui-ci, j'en ai accumulé des milliers : cet homme avouant qu'il avait l'habitude de battre sa femme, ses pleurs lorsqu'il lisait le récit désordonné des coups et violences répétés chaque soir. Je réentends ses phrases bancales, son récit tellement décousu qu'il en devenait beau. Il y a parfois une âpre beauté des textes qui rejoint certaines expérimentations de la poésie, mais là n'est pas la question puisque là n'est pas l'intention. Je me souviens de cette femme qui avait raconté son alcoolisme, ses enfants retirés par la DASS, ses dépressions, la façon dont elle couchait avec le premier venu s'il lui offrait une bouteille. Je déborde de toute cette misère : ces éclats de vie, ces phrases mal foutues souvent, magnifiques parfois, pour dire que l'on a des mots-rasoirs en soi et que l'on a peur de les manipuler par crainte de s'y trancher les veines. Ces regards mi-effrayés mi-soulagés une fois la feuille noircie. Ces mots acérés… Qu'ai-je à dire sur le fond ? Je me sens comme un chirurgien qui opère à vif sans expliquer la maladie. Il faudrait que je m'en ouvre à vous, ce serait l'occasion, mais je renonce, j'ai trop peur de m'embrouiller. Les gens qui écrivent de telles histoires, je suis certain d'une chose : en venant à l'atelier, ils n'avaient aucune idée de ce qu'ils révéleraient d'eux. Je paraphrase Canetti, il donne une conférence, il parle de la jeunesse, il dit que celui qui débute ne peut savoir ce qu'il va trouver en lui-même. *Comment pourrait-il le soupçonner même, puisque cela n'existe pas encore ?* Cette phrase résume à merveille ce qui se déroule durant un atelier d'écriture : les participants ne savent pas ce qu'ils vont dénicher en eux, souvent les drames sont enterrés au plus profond des consciences, ce qui est tu n'existe pas, ce qui est oublié n'est pas arrivé. Les drames se remettent à exister une fois les mots posés. La langue fait exister de brusques fragments de vie.

Je suis fatigué.

Le manque de sommeil m'empêchera de formuler clairement mes idées, je vais bafouiller, je serai approximatif, je suis perdant par avance si je lutte contre moi-même. Mon silence doit vous paraître obstiné, presque grossier. Je vous livre mes histoires de guerre et de suicide, mes imprécisions sur l'animation de stages d'écriture et je me tais. Faut-il donc que mes barrières soient émoussées pour que je me laisse aller de la sorte. Je suis coutumier de la confusion. Votre voix, soudainement, me cloue dans mes pensées.

Pensez-vous que le train a roulé sur un homme ou une femme ?

Votre regard n'a pas quitté la vitre, les sillons des champs se creusent d'ombres profondes. Le paysage devient lunaire, nous serions comme coincés dans un vaisseau spatial écrasé sur une planète inconnue. Nous surveillerions avec angoisse le niveau d'oxygène, il resterait peu de temps, nous guetterions l'arrivée des secours. Je ne sais pas, je vous réponds, je ne sais pas qui trouve la force de s'allonger sur les rails et d'attendre la venue du train. Nos regards se croisent une nouvelle fois, il me semble que la couleur de vos yeux a changé. Bizarrement, c'est vous qui me parlez d'un livre. *La Bête humaine*, Émile Zola, vous l'avez lu plus jeune, il a marqué votre adolescence ce livre, me voici renvoyé dans les cordes avec mes obsessions, moi qui n'osais vous soûler avec la littérature. Flore, la jeune fille indomptée qui provoque par amour un accident ferroviaire et ne peut se le pardonner. En proie à la culpabilité, elle se jette sous un train. Cette histoire vous avait profondément marquée, Flore et sa terrible jalousie faisant d'elle une meurtrière, je m'en souviens, évidemment. Dans les conversations je lasse souvent mes interlocuteurs parce que je donne l'impression d'avoir lu tous les livres. C'est faux, j'ai seulement lu une bonne partie des classiques. Mais ce roman, je l'ai lu, oui. Des corps happés par des trains, il y en a plein les bibliothèques. Je pourrais vous parler d'Attila József qui s'est couché sous un train, d'Anna Karénine traumatisée par un accident dans une gare qui finira par se jeter elle-même sous un train à la fin du roman de Tolstoï. S'allonger sur les rails est un acte très littéraire, en définitive, très romantique. Il fut un temps où la machine était fascinante, se jeter sous ses roues était le summum du suicide moderne, la vitesse et la puissance des trains attiraient les mélancoliques. Je repense à l'article dans le journal, le vieil homme japonais, la même force certainement agit en haut d'une falaise battue par les vagues. Le train est devenu banal, un élément du décor, il est peut-être plus facile de poser sa tête sur un rail que d'enfiler son cou dans une corde ou d'entailler ses poignets. À tort, peut-être, croit-on que la mort sera plus rapide. Et plus sûre qu'avec des médicaments. Il est très rare de réussir son suicide en prenant des cachets, il faut parfaitement connaître les doses, les ajuster à sa corpulence, à son âge, s'empêcher de vomir, c'est long et compliqué. Presque autant que de se procurer une arme à feu.

Je ne sais pas, je vous réponds.

Homme ou femme, je n'en sais rien, je n'arrive pas à imaginer l'instant précis où l'on décide d'en finir. Je reste à la porte. J'ai beau faire des efforts, j'ai beau avoir recueilli plusieurs récits de suicides lors d'ateliers, j'ai beau avoir été touché il y a peu par l'écho de suicides, je ne peux concevoir ce qui se passe exactement dans la tête de celui ou celle qui renonce à la vie. Je crois sincèrement qu'il y a des choses qui toujours nous échapperont, je vous le dis. Nous demeurons étrangers à certaines résolutions, nous pouvons les envisager par l'esprit, mais il nous manquera éternellement un élément, c'est comme un puzzle où serait perdue la pièce centrale. Jamais nous ne pouvons nous mettre totalement à la place de l'autre, de toute manière.

Vous faites oui de la tête.

J'ai beau souffrir d'empathie chronique, certains chemins restent inconnus. Je continue, je raconte qu'il y a en chacun de nous un espace que nous ne savons ni délimiter ni définir avec précision. C'est de cet espace que la résolution d'en finir peut naître. Il nous est quasiment inconnu. Il nous échappe, voyez-vous. Alors penser que quelqu'un d'étranger puisse réellement nous comprendre est une illusion. Personne ne peut mieux savoir que nous ce que nous sommes. Je schématise des idées rendues floues par la fatigue, vous acquiescez, je n'ai pourtant aucune base pour étayer mes paroles, vous en savez plus que moi sur le sujet, je vous le demande. Vous me répondez que d'une certaine façon, plus on en sait, plus on est ignorant. C'est très cynique, je trouve, mais je garde pour moi ma réflexion. Vous me racontez que les suicidés sont souvent jeunes. Nous nous gardons l'un comme l'autre de nous lancer dans le couplet de la société effrayante, de la perte de confiance en l'avenir. Il y aurait beaucoup à dire, pourtant, mais ni vous ni moi ne pourrions formuler autre chose que les habituelles banalités. Vous vous souvenez d'une histoire : un jeune homme se couche sur les rails, entre les rails plus précisément, le TGV arrive et le souffle d'air plaque violemment le jeune homme au sol, le train entier passe sur lui dans un inconcevable crissement. Le conducteur a aperçu le corps, il a freiné. Le train s'arrête un bon kilomètre plus loin, les contrôleurs descendent, remontent le long de la voie et trouvent le jeune homme, intact, titubant, assourdi par le bruit, hébété par le souffle, mais vivant. Une histoire de miracle dans un quotidien de chairs hachées. Deux rangs devant, l'homme au pardessus raconte une autre histoire à son voisin, il parle fort, il s'agissait d'une jeune femme, il était également dans ce train-là, à croire qu'il prend le train tous les jours ou qu'il attire la poisse, ils ont attendu quatre heures, à quelques mètres d'une gare. Personne ne retrouvait la tête. Nous faisons silence. Il y a quelque chose de profondément vulgaire dans la façon dont l'homme au pardessus prononce *la tête*. Sa voix envahissante, la manière dont il semble tirer plaisir des détails sordides. Il répète plusieurs fois sa phrase, satisfait de son effet. Vous m'adressez un sourire triste, nous nous comprenons. Je suis content de voyager à vos côtés, je vous le dis et me rends compte que ma phrase peut ressembler à un compliment maladroit, une banalité de dragueur. Vous aussi, me répondez-vous, et votre réponse n'est pas équivoque, il y a des gens insupportables, nous sommes d'accord.

13

Parlez-moi des ateliers d'écriture, me demandez-vous.

J'en anime depuis une quinzaine d'années, maintenant. Un peu partout. Je suis intervenu dans des lycées, dans des maisons de retraite, en prison, dans des hôpitaux, dans des bibliothèques, avec des associations ou pour des fondations privées. Plus rarement à l'étranger. Chypre, c'est presque une exception. Les ateliers, ils sont différents en fonction des projets, des publics, de la liberté que j'ai pour décider ou non des thématiques. Le plus souvent, ce qui m'intéresse, c'est partir de livres, faire découvrir des œuvres contemporaines. Je passe une bonne partie de mon temps à lire des textes. Ensuite on analyse, on décortique la manière dont le texte est écrit, et je fais des propositions d'écriture. À la fin de la séance, chaque participant lit ce qu'il a produit. Ou non. Je ne force personne, même si je pense qu'il vaut mieux lire. Parfois, c'est moi qui lis les textes si une personne n'y arrive pas, si ce qu'elle a écrit la dépasse ou l'écrase brusquement. Et cela arrive, que quelqu'un soit dépassé par ses propres mots, que les mots déferlent et emportent les digues, chamboulent tout, remodèlent le paysage. La crue des mots. Les participants se retrouvent ébahis devant leurs feuilles. Ils réalisent qu'ils ont renoncé à toute prudence. C'est rare, cela arrive. Disons que sur un groupe de quinze personnes, une basculera, et parfois cela suffit pour que le groupe entier chavire. Je me souviens d'un atelier où le récit d'un viol a déclenché un vrai raz-de-marée. Une dame a raconté qu'elle avait été maltraitée par ses parents durant des années, en écho un homme a écrit comment son père le battait lui, ses frères et sa mère. Une dame a expliqué qu'elle était née garçon et qu'elle s'était fait opérer. Une autre qu'elle avait été abandonnée à l'âge de cinq ans. Le courant dévastait les digues, je devais faire écrire des textes de science-fiction aux participants et j'assistais impuissant à l'inexorable marée. J'avais posé la question naïve de la fin du monde, j'avais demandé : si demain c'est la fin du monde, que faites-vous ? Et les participants m'avaient répondu : alors il faut que je raconte un truc qui me fait mal depuis si longtemps. Si demain les extraterrestres détruisent la planète, je veux mourir l'esprit désencombré. J'ai nagé comme j'ai pu à contre-courant, j'ai envisagé chaque texte comme un simple assemblage technique de mots en phrases et de phrases en paragraphes. Je suis rentré chez moi et je me suis effondré.

Je savais qu'une semaine allait se passer avant de revoir les participants, j'avais peur de ce que les mots allaient provoquer, j'avais peur des effets secondaires de toutes ces confidences. Une semaine a passé, je suis retourné à l'atelier le cœur battant. Je tremblais de tous mes membres. Les participants étaient tous là, souriants. L'un après l'autre m'ont remercié, suite à la séance précédente, ils avaient enfin pu partager leurs si lourds secrets avec leurs proches. Presque tous avaient donné les textes à lire pour se décharger du poids qui voûtait leur vie depuis des dizaines d'années. J'ai été soulagé de l'apprendre. Voyez-vous, j'ai souvent l'impression d'être un imposteur. Dangereux. J'aide à ouvrir les vannes et je ne sais pas comment agir en cas d'inondation.

L'écriture a de grands pouvoirs.

Je me tais, détourne la tête. Dehors, la nuit est là. La vitre ne renvoie plus que nos figures. Je discerne un reflet au loin, j'écrase mon visage sur le verre pour mieux voir. C'est comme une lumière très lointaine, peut-être la lueur de gyrophares. Les pompiers, la gendarmerie doivent être sur place. Les protocoles sont stricts. Il s'agit de tout photographier, de retrouver chaque partie du corps, d'étudier les traces sur les bas-côtés. Par essence, le suicide est suspect, il peut masquer un accident ou un assassinat. Il faut être certain, déterminer avec précision si une personne s'est donné la mort intentionnellement.

Je dois être le dépositaire de nombreuses histoires.

Oui, vous avez raison, je suis une armoire bourrée à craquer. Mais cela ne date pas des ateliers d'écriture, cela a toujours été, il me semble. Quelque chose en moi attire la confidence, j'ai l'oreille, je sais écouter. D'aussi loin que je me souvienne, les gens se confient à moi. Au lycée, par exemple, c'était insupportable, j'étais un adolescent timide, réservé, et dès que j'entreprenais une fille, je devenais vite son meilleur ami, son confident, jamais autre chose. J'étais celui à qui la fille pouvait confier ses peines. Vous imaginez le grotesque de la situation, j'approchais une fille, disons Valérie, je commençais à tomber amoureux d'elle, je mettais tout en place pour devenir intime, c'était lent, c'était laborieux, et dès que Valérie s'intéressait à moi c'était pour me raconter ses amours déçues, la manière dont les garçons la traitaient. Ou pire : apprendre qu'elle avait des vues sur tel autre garçon de la classe, sur des amis à moi. Jamais sur moi. Et, bonne poire, j'écoutais, je grappillais des miettes d'estime, j'avalais les confidences. Bientôt, je savais tout sur la classe : qui sortait avec qui, qui couchait avec qui, qui se comportait comme un salaud ou une garce. Et les confessions allaient plus loin : qui avait été battu par son père, qui avait subi quelles violences. J'étais l'armoire muette. Le tiroir bien pratique où l'on pouvait ranger sa douleur. Un jour, en terminale, une fille, disons Mélanie, m'a dit cette phrase terrible : plus tard, tu feras le mari idéal. Une phrase à laquelle j'ai pensé des nuits durant, ce compliment tranchant, cet idéal repoussé dans un futur indéterminé. Plus tard, comprenez-vous tout ce qui est enclos dans ce plus tard, tout ce présent que je ne vivais pas, ces verbes que je ne pouvais conjuguer qu'au futur. J'avais envie d'exister tout de suite, mais j'étais trop sérieux, trop gentil, trop attentif, trop amical, je n'étais pas le garçon avec lequel on s'amuse, j'étais celui avec lequel on pouvait envisager, plus tard, de vivre. Je n'étais pas la passion, j'étais la tendresse. Je voyais la manière vulgaire avec laquelle les garçons abordaient les filles, je sentais bien qu'ils ne s'intéressaient qu'à un possible moment de sexe, je me jugeais bien supérieur, j'étais l'ami intime, j'en savais plus sur chaque fille de ma classe que les garçons avec qui elles sortaient. Je savais même, au cas par cas, ce que sortir signifiait, si cela s'arrêtait au simple pelotage ou si telle fille acceptait de coucher, comme l'on disait. Je me consolais en me disant que je cherchais quelque chose de supérieur au simple assouvissement d'un désir, et je crevais de ne pas encore avoir tenu une fille dans mes bras.

Je vous ennuie, j'en suis désolé.

Vous vous récriez, non, non. Je suis désolé, c'est la fatigue, c'est la présence si proche de la mort, à force d'assister à l'éboulement des digues, cela devait bien arriver, les fissures étaient en moi depuis des années, c'est à mon tour de céder, de voler en éclats. Je m'excuse, je devrais me taire, arrêter de vous faire subir ce bavardage insensé.

Là !

Votre bras devant mon visage, votre index pointé vers la vitre, je regarde dans cette direction et n'aperçois que votre reflet. Vous avez vu quelque chose bouger. L'enfant à l'autre bout de la rame a poussé un cri en même temps que vous. Il pleure de plus belle. Je pose mon front contre le verre, je plaque mes deux mains contre mes tempes pour empêcher les reflets. Je ne discerne rien qu'une masse confuse d'obscurité. Je scrute. Je vois du noir, des plaques entières de noir qui s'agglomèrent, s'opacifient, se délitent et se reforment. La nuit vibre, je sais que je ne vois rien d'autre qu'une illusion, c'est comme lorsque l'on regarde un mur blanc et que l'on voit tournoyer de petites formes grisâtres devant ses yeux, comme des poussières posées sur nos rétines. J'observe valser lentement des pans de nuit. Le velours se coud et se découd. Le monde entier pourrait être devenu un bloc, le paysage s'est calcifié. Il n'y a rien dehors, je dis.

Rien.

Le plus incongru, dans notre situation, c'est d'ailleurs qu'il n'y ait rien dehors. Les gens se jettent d'un pont, profitent d'un passage à niveau, enjambent les barrières en ville. Qui aurait donc l'idée de venir mourir si loin ? Un agriculteur désespéré ? Un éleveur en faillite ? Sommes-nous plus proches d'une ville que nous le croyons ? En ce cas, nous devrions apercevoir des lumières au loin, un halo. Je décolle mon visage. Vous avez cru voir bouger dehors. Vous passez vos mains sur vos avant-bras, vous avez la chair de poule. Presque transparents vos poils se dressent. Ne vous excusez pas, vous n'êtes pas stupide, la situation est étrange. Vous tirez vos manches, la peau de vos avant-bras disparaît sous le tissu crème, vous réajustez vos deux écharpes. Nous sommes enfermés dans un long tube bruyant, environnés de conversations et de soupirs agacés et de vide. Le monde à l'extérieur n'est plus. Je réprime un geste. L'espace d'une seconde, je me suis vu tendre la main vers vous, saisir votre bras pour le réchauffer, peut-être le frictionner. Il faut que je prenne garde à mes élans, au-delà d'un certain épuisement, je ne sais plus ce que je fais. Mon geste vous aurait choquée, il n'aurait rien eu d'ambigu pourtant, je me mens, ç'aurait été un geste d'amitié, comme si nous nous connaissions depuis très longtemps.

14

Je me tais, parler ne produit rien de bon, les phrases ne peuvent pas s'arrêter, elles continuent en moi. Je ne vous dis pas que je suis un confident depuis ma naissance, que la première à s'épancher fut ma mère. Rien ne se déroula comme espéré, me racontait-elle, la radiographie avait pointé les problèmes potentiels liés à l'étroitesse de son bassin. J'avais quatre ou cinq ans, elle me racontait tout.

Vraiment tout.

Elle avait écouté les discours des médecins sans les entendre, elle se raccrochait à l'espoir d'un accouchement par voies naturelles, comme l'on dit, elle refusait d'envisager l'autre possibilité. Ayant appris que fumer durant la grossesse réduit la taille des nourrissons, elle avait même repris ses cigarettes dès la dixième semaine d'aménorrhée. Elle fumait des Royales filtres, un paquet par jour, en espérant que je pourrais passer ma tête entre ses hanches. Souvent – elle me l'a raconté tant de fois par la suite – elle mettait la main sur son ventre et m'encourageait à ne pas trop grossir, à rester tout petit en elle. Elle ne me l'a pas dit, mais j'imagine qu'elle me donnait des surnoms, ma mère a toujours aimé les surnoms : ma souris, mon tout-petit, mon Tom Pouce, ma puce, ce genre de sobriquets. Ma crevette, peut-être. Ma mère est arrivée à terme et elle a dépassé le terme, à moins que je ne doive dire que *je suis* arrivé à terme et que *j'ai* dépassé le terme. Ma mère – me racontant encore et encore son accouchement – m'a souvent fait porter la responsabilité de ses déceptions.

Je ne voulais pas sortir.

Voilà toute l'histoire. C'était moi qui m'accrochais à son ventre, paraît-il. C'est du moins ce dont elle se plaignait à l'enfant que j'ai été. Tous les deux jours elle allait voir son médecin et – une semaine après le terme – il fut décidé de provoquer l'accouchement. La sage-femme qui palpa le ventre de ma mère, à la clinique, fit une moue contrariée, le bébé était gros, je représentais un risque. D'autorité, l'obstétricien envoya ma mère au bloc, elle fut anesthésiée totalement sans que nul n'ait pensé à la prévenir. Mon père, lui, se conformait au stéréotype de l'époque, il fumait cigarette sur cigarette sur le parking de la clinique. Nous étions début mai, le ciel magnifiquement bleu laissait présager un bel été. Ma mère se réveilla avec la sensation d'avoir été décapitée : elle bougeait les yeux, elle pouvait ouvrir la bouche, mais son corps n'existait plus. Elle était seule dans une chambre blanche. Elle voulut appeler : sa voix avait aussi disparu. Je suppose que ce fut très difficile pour elle. Elle se souvenait de la salle d'opération, elle revoyait l'anesthésiste œuvrer sans lui adresser la parole, elle ressentait encore peut-être la chute brutale vers l'inconscience, elle savait que – du temps où elle avait encore un ventre – ce ventre abritait un nourrisson prêt à naître, et elle se retrouvait paralysée, insensible et seule. Seule – elle me l'a répété mainte et mainte fois –, elle savait que je n'étais plus là, plus en elle. Elle se réveillait vide et abandonnée.

Je la vois.

C'est drôle, elle m'a tant rabâché ma naissance que j'ai l'impression d'en avoir des souvenirs. J'ai une image mentale de la chambre de la maternité. Je sais qu'elle est fausse, qu'elle a été construite par les descriptions de ma mère. Si je ne me reprends pas, je vois la scène, je vois les murs jaunâtres, je vois la photo défraîchie d'un champ de fleurs au mur, je vois la coque du berceau où je devais me trouver. Ces images ne m'appartiennent pas plus que les textes des ateliers d'écriture. Je réentends le bip-bip d'un monitoring, la perfusion, le rideau séparant la grande salle de réveil en plusieurs box.

Je me demande, à force, ce que j'ai réellement vécu, moi.

Le temps qu'elle passa à s'inquiéter avant qu'une infirmière du service de réanimation ne s'approche, elle ne l'évalua jamais parfaitement. Parfois, elle parla de plusieurs heures, parfois d'angoissantes minutes, la légende de son accouchement se modulait au fil des récits et en fonction des auditeurs. Lorsqu'elle eut repris ses esprits, une nounou déposa sur son buste une chose violacée, étrangère et endormie. C'était moi. J'étais né. J'étais en parfaite santé. J'avais été lavé, habillé d'une brassière. On avait inscrit mon nom de famille sur un petit bracelet noué à mon poignet. On m'avait nourri. Dans ses grands rêves de maternité, ma mère m'allaitait, elle avait acheté des soutiens-gorge spéciaux dont les bonnets se dégrafaient pour libérer le mamelon. Elle avait acheté des crèmes de soin pour éviter les crevasses et des cotons stériles que les femmes glissent dans le soutien-gorge afin de résorber l'excédent de lait. Durant son inconscience, une aide-soignante m'avait donné le biberon. Ma mère n'eut pas de montée de lait, elle demeura sèche avec ses rêves enfuis.

Je tourne mon visage vers le vôtre.

Vous êtes perdue également dans vos pensées. Je remarque que votre chair de poule a reflué. Mon regard reste longtemps sur la chair de vos poignets, sur la parfaite manucure de vos ongles, vos doigts fins. Je fais bien de me taire, de ne pas vous soûler de mes vieilleries. Ma tête est comme la boutique d'un antiquaire, on y trouve tout sauf ce que l'on cherche. Eut lieu ensuite la grande dispute, celle que la légende familiale colporte depuis : ma mère regarda le nom sur le poignet de la chose et demanda pourquoi aucun prénom n'était inscrit. L'infirmière répondit en riant que mon père avait oublié.

Oublié le prénom qu'ensemble ils avaient choisi pour leur enfant.

Voyant qu'elle allait mieux, on décida d'envoyer ma mère dans une chambre. Une nounou lui reprit la chose endormie et la déposa dans une coque en plastique. Dans le couloir attendait mon père, il n'eut pas le temps de parler que ma mère s'emportait déjà contre lui. Sans doute – ai-je pensé lorsque je fus assez grand pour me détacher des récits rabâchés et me forger ma propre conviction – ma mère avait besoin d'un exutoire à ses déceptions. Ce fut mon père qui encaissa de front l'orage. Qu'il ait oublié mon prénom ne lui fut jamais pardonné, il eut beau prétexter l'émotion, il eut beau rappeler que ma mère avait changé au moins quinze fois d'idée et qu'il avait redouté d'indiquer un ancien choix, rien n'adoucit la fureur. Il est vrai que je faillis me nommer Alice, Suzanne, Nadine, Marie, puis ma mère sut que j'étais un garçon, alors elle essaya tour à tour Frédéric, Antoine, Marc, Stéphane, Olivier, Rémy, Arnaud, Patrick et Nicolas avant de finalement se décider. Voulant se défendre, mon père prononça une phrase qui me fut répétée mille fois durant mon enfance. Je ne sais plus, dit-il, ce que tu avais choisi pour ton fils. J'ai grandi en écoutant ma mère commenter cette phrase : tu vois, disait-elle, comment ton père t'aime, il parle de toi comme étant mon enfant, pas le sien, le mien. J'ai mis beaucoup de temps avant de comprendre que ma mère s'acharnait contre mon père pour ne pas s'avouer ses propres sentiments, j'ai mis des années avant de voir que – pour ma mère – jamais je n'étais né. Lui volant son accouchement, l'obstétricien lui avait aussi volé son enfant. La chose qu'on avait posée sur son ventre – doublement séparée d'elle par ses vêtements et le drap – ne fut jamais l'enfant qui bougeait dans son utérus. Ma mère s'employa à enterrer cette pensée effroyable, elle fit de son mieux, elle fourra la sensation au fond d'elle-même et verrouilla comme elle put les barrières de sa honte.

Le petit garçon passe en courant dans la travée centrale.

Nous le suivons de nouveau du regard, les distractions sont rares. Nous nous taisons, je ne peux m'empêcher de considérer votre silence comme une conséquence de mes épanchements. L'arrivée de la nuit a plongé les passagers dans une attente semi-léthargique. À part quelques allées et venues vers les toilettes ou le wagon-restaurant, personne ne bouge. Personne ne parle. Le silence me renvoie à mes pensées, à ces poussiéreuses rancœurs datant de ma naissance. Je crois que ma mère culpabilisa énormément de n'avoir pas su accoucher de moi normalement, elle s'en voulut de ne rien ressentir en ma présence, elle détourna son malaise ambivalent contre mon père. Voilà peut-être pourquoi je ne vous raconte pas cette histoire : je la résume trop vite, je bricole de la psychologie à l'emporte-pièce, je condense en quelques mots ces si longues soirées où mon père restait devant le journal de vingt heures tandis que ma mère venait me coucher, veillait à ce que je me brosse bien les dents, me bordait soigneusement, s'allongeait un instant à mes côtés dans le lit, pour me faire un gros câlin, disait-elle, c'était son expression : gros câlin, cela consistait à parler un peu de la journée écoulée, et à me dire que sans moi elle mourrait, que jamais il ne faudrait que je la quitte, qu'elle m'aimait plus que tout, plus que mon père, qu'il n'avait jamais su aimer quelqu'un, que j'étais son fils à elle, qu'elle aurait préféré me donner le sein, me voir sortir d'elle, qu'elle n'avait jamais voulu avoir d'autres enfants pour ne plus souffrir comme elle avait souffert par ma faute, mais que ce n'était pas ma faute, qu'elle m'aimait, m'aimait, m'aimait. Elle continuait quelques minutes – chaque soir – à me dire des choses comme ça, puis elle m'embrassait et je voyais son œil sec, et cet œil me rassurait parce que je redoutais plus que tout de voir ma mère pleurer. Je n'aurais pas su la consoler, j'en avais la certitude. Ensuite, elle éteignait la lumière et partait rejoindre mon père à temps pour le film de 20 h 30. C'était mon enfance.

Le petit garçon a échappé à la surveillance de sa mère, il court en criant et se fait sèchement rappeler à l'ordre.

15

Un signal sonore retentit, une sorte de pulsation lente et grave. Les conversations du wagon se figent. Unis dans leur attente, les passagers espèrent un mot, une explication, un message annonçant que le train va repartir. Le signal cesse aussi brutalement qu'il a commencé. Le silence qui suit est très vite remplacé par un brouhaha indigné, les voyageurs s'énervent, s'impatientent, ne supportent pas de voir leurs espoirs déçus. L'homme au pardessus se scandalise d'être abandonné en pleine pampa, c'est l'expression qu'il utilise, pampa, qui vous fait sourire. Machinalement, vous pressez une touche sur le boîtier de votre téléphone. Vous ne pouvez pas recevoir de messages ici, nous sommes hors de couverture, même les ondes ne s'aventurent pas au-dessus des sillons nocturnes. Je ferme les yeux et me sens partir, comme si je glissais et tombais, je les rouvre vite, vous me fixez, oui, je vais bien, vous vous êtes rendu compte de mon malaise, c'est l'épuisement, il faudrait que je dorme, mais je ne suis pas pressé d'arriver, dès que je mettrai un pied à Nantes, ce sera pour réintégrer l'étroite nasse de mes ennuis. Le piège se refermera, je le sais. C'est l'avantage d'avoir, comme moi, recueilli tant d'histoires, je connais par cœur des choses que je n'ai pas vécues. Je vous disais que je suis ruiné, ce n'est pas une exagération ni des paroles en l'air. J'ai été insouciant, je le reconnais. Je redoute les quittances, les avis de passage du facteur, les avis de recommandés qui patientent dans la boîte aux lettres en bas de chez moi. Prendre mon courrier ce sera comme marcher sur une mine. J'ai animé une fois un atelier d'écriture dans un foyer d'accueil d'urgence. Il y avait là une femme, Marthe. Elle m'a expliqué comment les choses se passent : au début un simple problème d'argent, une difficulté pour rembourser le crédit immobilier, alors elle avait pris un second crédit pour payer les mensualités du premier. C'est très facile, cela peut se faire par téléphone, pas même besoin de se déplacer, me racontait Marthe. Il suffit de mentir un peu, de dire que l'on veut s'acheter une folie : un canapé en cuir, une nouvelle voiture, et on envoie les photocopies des trois derniers bulletins de salaire. On peut obtenir jusqu'à 10 000 euros cash, sans que l'on sache trop pendant combien de temps on va rembourser. Les chiffres sont compliqués, les taux d'intérêt légèrement en dessous de 20 % mais c'est sans les frais de dossier. Marthe pensait qu'elle s'en sortirait, que ce serait passager, son entreprise était en pleine restructuration, on lui avait promis un avancement, elle rembourserait sans problème. Puis, le licenciement. Et les échéances. Et la honte de ne pouvoir rembourser. Alors, elle avait cumulé les micro-crédits à la consommation, vous passez un autre coup de fil à une autre société et vous obtenez 10 000 nouveaux euros cash, sans garantie. Vous pouvez aussi tout faire par internet. Marthe avait trouvé les mots pour soigneusement décrire les démarches. Elle avait insisté sur l'urgence : il fallait qu'elle se dépêche de prendre des crédits parce qu'elle ne pourrait plus fournir de nouveaux bulletins de salaire. Je ne sais plus exactement ce qu'elle avait écrit, je me souviens d'un long texte où chaque phrase débutait par *vite*, je la réentends marteler son histoire et repartir sans cesse par ce mot qui claquait avec violence. *Vite, trouver de nouveaux crédits. Vite, photocopier les bulletins de salaire. Vite, vite.* Sa voix ne tremblait ni n'hésitait. Elle chantait quasiment son texte. J'entendais cette femme dire sa ruine et je notais mentalement qu'il me faudrait dire un mot sur les anaphores. Chaque nouveau crédit permettait de rembourser les précédents, et Marthe se retrouvait à payer de monstrueux intérêts chaque mois. Elle s'en inquiétait, elle se démenait pour retrouver un emploi. Elle avait fini par heurter de plein fouet un mur : personne ne voulait embaucher une femme de quarante-cinq ans. Elle a aussi écrit un beau texte là-dessus : le chômage la rendait suspecte, c'était comme une maladie sur son CV, une chose honteuse, les recruteurs la considéraient avec méfiance, comme si elle avait attiré la malchance, comme si elle avait porté un germe pouvant infecter toute l'entreprise. Et, paradoxalement, elle ne pouvait pas bénéficier d'emplois aidés, trop jeune, pas assez de mois de chômage, trop diplômée. Un jour, Marthe n'avait pas pu rembourser ses dettes. Elle n'arrivait plus à obtenir de nouveaux crédits. Les créanciers s'étaient alors acharnés, certains téléphonaient à vingt-deux heures pour être sûrs de lui parler, puis le téléphone fut coupé. La suite, c'est le dossier de surendettement auprès de la Banque de France, la saisie, la vente de son appartement, le remboursement des capitaux empruntés, et la rue. Depuis six ans, Marthe allait de foyer en foyer. Elle avait eu une phrase terrible. J'ai de la chance d'être seule, avait-elle écrit, sinon mes enfants auraient dû payer pour moi. Finalement, je m'en sors bien, moi qui regrettais de ne jamais avoir eu d'enfants.

La chance, je répète.

J'ai souvent entendu ce mot dans la bouche de ceux qui n'ont rien. Je tremblais en l'écoutant, je ne vous le dis pas, pas plus que je ne vous explique à quelle histoire personnelle me renvoie la déchéance de Marthe. À l'époque, alors qu'elle lisait avec tristesse et gravité ses textes, je ne savais pas encore que l'endettement contaminerait mon avenir. Certains se sont endettés qui ont des enfants, et ce sont les enfants qui n'ont pas de chance. Marthe, je ne sais pas ce qu'elle est devenue, c'est aussi la limite des ateliers d'écriture : on voit des gens, on les accompagne sur deux, quatre, dix séances. Quelques mois. Et on part. Je me demande si certains continuent à écrire, s'ils ont la force de mettre seuls des mots sur du papier. Cela m'est arrivé de croiser d'anciens participants, dans la rue, au supermarché. Je mène ma petite enquête, je pose la question. Ceux qui écrivaient avant écrivent encore. Ceux qui n'ont écrit que durant l'atelier ont reposé leur stylo. Voilà ce que j'en conclus, mais il ne faut pas me croire, mon échantillon est tellement minime que les résultats n'ont aucune signification. Je parlais de Marthe parce qu'elle m'a enseigné comment l'on peut se retrouver à la rue sans rien.

Je n'ai plus rien.

Juste des traites impayées, et j'ai de la chance, moi aussi, je suis seul, je n'ai plus mes parents, je n'ai pas non plus d'enfant. Je comprends la phrase terrible de cette femme, je coule et je sais que je n'entraînerai personne dans ma noyade. Dans quelques heures, je serai chez moi, et demain je sais que les vrais problèmes commenceront, mon appartement suffira à peine au remboursement de mes dettes, d'autant plus que je suis loin d'avoir fini de le payer, il me reste au moins dix ans de crédit, la banque ne va pas me faire cadeau de l'hypothèque, vous savez. Vous me regardez fixement, je ne veux pas être plaint, cela devait finir comme ça, rien de ce qui m'arrive n'est une surprise, dans le fond. J'ai toujours su où j'allais. Dans d'autres circonstances, vous souligneriez mon nom en rouge dans un de vos dossiers. Je dis n'importe quoi, ne vous inquiétez pas, je ne sais pas quelles qualités sont requises pour travailler en entreprise, j'ai l'impression de n'avoir jamais réellement travaillé, en dehors des ateliers d'écriture, je veux dire.

Une jeune femme dans notre dos éclate de rire, sa joie a quelque chose d'incongru dans ce train.

Ce que je vais faire ?

16

Ce qu'il me reste à faire me lasse par avance, j'en connais les moindres détails, je vous le jure, ce seront des formulaires à remplir, des cases à cocher, des photocopies, des attestations, des bordereaux, des factures et des comptes, des attentes devant des guichets de bois patiné ou de plastique moulé, des heures de tracasseries où il me faudra renseigner des rubriques me demandant ma date et mon lieu de naissance, mon métier, mon adresse, et fournir copie de mes relevés bancaires. Voilà ce qui m'attend. Aller me déclarer en surendettement pour calmer les créanciers, et voir ce qui va se passer. Je n'ai plus aucun travail, je le savais en partant pour Nicosie, on m'avait déjà coupé le gaz, l'électricité et le téléphone avant mon départ, la banque s'énervait, multipliait les sommations. J'ai découvert deux types d'individus : ceux qui vous traitent avec compassion et ceux qui semblent tirer jouissance du pouvoir qu'ils ont sur vous. Allez confesser un grave problème à un créancier, vous verrez tout de suite s'il est embêté ou s'il en jouit, une lueur sur le visage trahit les pensées derrière le détachement professionnel. Avant mon départ, j'ai déjà subi quelques rendez-vous, j'ai été aidé et j'ai été menacé, cela dépendait du bureau devant lequel je m'asseyais, cela dépendait du bon vouloir de celui qui écoutait le résumé de ma situation. J'étais déjà défait, assujetti. Dans le fond, les deux attitudes se rejoignent. Que l'on me plaigne ou me promette des sanctions exemplaires, on ne faisait que s'assurer de ma docilité. Face à l'employé qui analysait mon cas sur l'écran plat de son ordinateur, je n'étais rien : un ennui ou un bon moyen de faire passer ses nerfs. Un abîme nous séparait plus sûrement qu'un meuble. Malgré la diversité des gens que j'ai pu rencontrer, j'ai constaté que tous en profitent pour assurer leur pouvoir, que cela soit par la bonté ou la pure méchanceté. Je sais ce que je vais devoir subir dès demain. Je vais revoir ces succursales où le bonheur dépend de taux de crédit, où l'on promet l'avenir à l'étudiant qui s'endette. Je suis parti en ayant retiré tout ce qui me restait, j'ai tout dépensé sur place. J'avais juste mon billet d'avion retour. C'était d'ailleurs un assez mauvais choix, Chypre, la vie est plus chère là-bas qu'en France, il aurait fallu que j'anime un atelier dans un pays où le pouvoir d'achat est fort. Ce n'est pas moi qui ai choisi, j'ai bondi sur l'opportunité, deux mois de parenthèse, je voulais. Je ne pensais pas devenir le dépositaire de l'histoire de la balle, je voulais fuir mes problèmes, je voulais prendre l'air, je voulais flamber en beauté.

C'était étrange, les deux mois passés là-bas, dans cette grande ville pas si belle, coupée en deux par une guerre éteinte depuis des dizaines d'années, entre échoppes défoncées et bars à touristes. Une ville de chats errants, de poubelles non ramassées et d'eau courante très aléatoire, vous imaginez ?, une capitale européenne où il n'y a de l'eau qu'un jour sur deux au robinet. Drôle de décor pour achever quoi que ce soit. Un pays entier où les librairies sont rares, moi qui accorde tant d'importance aux livres. Heureusement que j'avais la bibliothèque du centre culturel à disposition. Et puis restent les cafés, le soir, où j'ai pu trouver de quoi tenir mes angoisses à distance, noyer mes questions, comme l'on dit. Je n'ai même pas visité l'île, vous ne trouvez pas ça stupide ? J'avais un peu peur des côtes transformées en stations balnéaires et surtout j'étais trop apathique pour quitter Nicosie. Il n'y a pas de train sur l'île, et quasiment pas de bus, il aurait fallu que je loue une voiture, que j'apprenne à rouler à gauche. J'avais déjà renoncé à tout effort. J'ai marché deux mois durant dans une ville qui n'est pas faite pour la marche. J'ai erré sur des trottoirs défoncés, côté grec comme côté turc, de jour comme de nuit, sans autre but que d'avancer, de poser un pied au sol, puis un autre, et ainsi de suite jusqu'à la fatigue. Il aurait été raisonnable que je rentre sitôt l'atelier achevé, que je paye une ou deux traites avec l'argent gagné, que je cherche immédiatement du travail. Depuis le temps que j'anime des ateliers, j'aurais sans doute pu dégotter un projet dans une bibliothèque ou une association, un remplacement de dernière minute. J'aurais dû épargner, être adulte, prévoir, anticiper, au lieu de me perdre dans les rues de Nicosie, à rabâcher des histoires qui ne sont pas les miennes, à observer – square du 28-Octobre – les collégiens se battre dans la rue. J'ai assisté à des scènes incroyables, vous ne pouvez pas vous figurer, assis à la terrasse d'une sorte de salon de thé. Des enfants de douze ans à la sortie des cours qui se rouaient de coups. Je n'avais jamais été témoin d'une telle violence : un garçon frapper le ventre d'un autre et profiter que son adversaire soit plié en deux par la douleur pour le faire basculer au sol et lui assener de grands coups de pied dans la colonne vertébrale. Des adultes sont intervenus, j'étais pétrifié, je ne croyais pas à ce que je voyais, j'étais bien trop abasourdi pour intervenir, le garçon aurait pu tuer son camarade sous mes yeux sans que je lève le petit doigt. Et d'autres commençaient par des gifles claquantes pour finir avec les poings. Un garçon récoltait une douzaine de gifles sans oser répliquer. J'observais son visage figé par la peur, il encaissait gifle sur gifle et quelque chose en lui disparaissait peu à peu, il devenait minéral, il abandonnait son corps à ses agresseurs. Il était seul contre dix, il ne répliquait pas, ne se protégeait pas, se laisser rosser comme on se laisse mouiller par la pluie, comme on sait bien que crier n'a jamais fait se dissiper les nuages. Attablé devant un café turc sans sucre, *σχέτος*, je regardais ces enfants comme des animaux un peu inquiétants, je gardais suffisamment de lucidité pour devoir m'inventer des raisons de ne pas agir, je me disais que je ne connaissais pas les codes sociaux chypriotes. Le garçon avait les joues rouges, il retenait à grand peine ses larmes. Au final, plusieurs enfants l'ont couvert de crachats. Je voyais tout ça comme derrière une vitre, comme si je visionnais un documentaire sur l'humanité. C'était interminable, je ne sais ce que j'attendais, peut-être que l'écran s'éteigne définitivement, que la lumière de la salle se rallume. Peut-être qu'à force de marcher seul dans les rues de la ville divisée, j'en suis venu à me couper du monde. Dans un livre emporté avec moi, il y a une phrase qui décrit mon état bien mieux que je ne saurais l'exprimer. « *Errer de cette manière deviendrait pour lui une passion*, est-il écrit, *et cette passion le rendrait étranger aux hommes et finalement à lui-même.* » L'auteur est américain. J'errais, j'avais une histoire de balle en tête, une douille dans la poche de mon pantalon, je transportais une stèle, une urne funéraire qui contenait les cendres d'inconnus, j'avais deux morts en moi et je regardais les enfants comme s'ils m'expliquaient ce qu'est une guerre. Une semaine plus tôt, je lisais un extrait de *L'Étranger* aux participants de l'atelier d'écriture, je voulais les faire travailler sur l'incipit, je donnais la première phrase du roman comme exemple célèbre, *Aujourd'hui maman est morte*. Vous avez lu ce roman au lycée peut-être ? *Ou peut-être hier, je ne sais pas.* S'est ensuivie une longue discussion sur les problèmes de Meursault d'où il ressortait que personne parmi les Chypriotes ne comprenait vraiment l'isolement du personnage de Camus. La scission était nette : les ressortissants français d'un côté, les Chypriotes de l'autre. Pour les natifs de l'île, qu'un homme puisse être laissé seul avec son mal de vivre semblait une maladie très parisienne. C'est l'expression qu'une jeune femme a employée, je vous le jure : une maladie parisienne. Les participants m'ont expliqué que sur Chypre la famille est très présente, les gens très liés les uns aux autres, et que jamais quelqu'un ne pouvait se couper à ce point des siens. La famille réagit avant qu'un individu ne sombre. J'écoutais les arguments et je pensais à l'homme qui s'était suicidé la semaine précédente, j'avais l'impression d'être témoin d'une immense supercherie. Ou pire : d'une hypocrisie. J'avais envie de parler de cet homme, peut-être certains participants le connaissaient. J'avais envie de demander si personne ne se suicidait sur Chypre, si personne n'y faisait de dépression. J'avais peur d'être agressif, je n'ai rien dit. J'encaissai la version officielle de l'entraide familiale et je me tus.

Un choc nous fait sursauter, vous et moi.

Contre la vitre. Un insecte attiré par les lumières du train ? Le bruit ressemblait plus à celui d'un caillou sur le verre. Dans ce cas, quelle main a projeté cette pierre ?

Vous vous approchez de la fenêtre, je me suis tu, nous n'avons pas besoin de parler. Nous regardons nos reflets, il est impossible de distinguer quoi que ce soit dehors. Vous êtes penchée vers moi, je respire votre parfum, je suis heureux d'avoir été interrompu dans mon récit, je me complais à jouer un rôle pathétique. Vos cheveux touchent ma main, je ne bouge pas, je ne retire pas ma main, je profite pleinement de cet effleurement fortuit. Si je vois quelque chose ? me demandez-vous. Non, je ne distingue rien. À regret, j'appuie de nouveau mon front à la vitre, j'abandonne la caresse de vos cheveux pour faire une visière avec mes mains. Je ne vois rien, rien ne bouge. Je me redresse, vous vous éloignez, nos deux mouvements sont parfaits, nous ne risquons pas d'entrer en contact l'un avec l'autre. Je ne sais rien de votre peau. Je n'en saurai jamais rien. Nos regards se croisent dans la vitre et aucun de nous ne détourne les yeux. Je suis désolé, je dis à votre reflet, je n'ai pas grand-chose de drôle à raconter. Vous n'aimez pas les gens drôles, me répondez-vous, et nos deux reflets se sourient, plus franchement que si nous nous faisions face. Je vois que vous cherchez vos mots, je me tourne vers vous. Vous n'avez pas besoin de dire quoi que ce soit, je ne souhaite ni réconfort, ni consolation, je vous l'explique franchement. Sans cet arrêt, je n'aurais pas desserré les dents jusqu'à Nantes, je profite des circonstances extraordinaires pour parler, c'est tout, je n'attends rien en retour, surtout pas. Les tragédies n'existent que si elles sont écrites ou dites. J'ai reçu tant de drames en confidence, je vous lègue les miens. Je veux bien que nous fassions un échange, d'ailleurs, avez-vous quelque chose à me confier ? C'est de bonne guerre, n'hésitez pas. Il n'est pas possible que vous n'ayez rien à confier.

17

Si je suis vraiment seul comme Meursault ?

Vous avez donc à ce point envie de m'entendre parler ? Je vous souris, vous avez esquivé ma question par une question. L'attaque comme stratégie de défense. Les rôles sont inversés. Pour la première fois de ma vie, je m'épanche, je profite d'une oreille captive dans l'habitacle de plastique d'un train à l'arrêt. Toutes les histoires devraient commencer ainsi : par un brutal arrêt, un hoquet dans la course folle, le monde se vide et deux personnages se font face. Ils devront agir l'un et l'autre, en taisant, en disant, en cachant, en mentant, mais ils seront liés pour que l'histoire puisse avoir lieu.

Je vous regarde et vous attendez.

Alors la solitude de Meursault ? La réponse est oui, à force d'obstination j'ai fini par couper les ponts, comme l'on dit. C'est assez facile, au début il y a bien quelques amis qui passent prendre de vos nouvelles, le temps s'écoule et leurs visites sont rares, vous les agacez avec vos problèmes incessants, votre vague à l'âme. Certains, avant de cesser de venir, vous engueulent une bonne fois, vous disent de réagir, de vous bouger. D'autres, plus faibles, se proposent de vous prêter de l'argent. Ils espacent les rencontres, se lassent de vos refus, de votre air borné et vous laissent aller vous faire pendre ailleurs. Je dis ça sans amertume, ces derniers mois, avant mon départ pour Chypre, on m'a proposé souvent de l'aide, on m'a offert du travail, on a pris soin de moi, on m'a invité à venir téléphoner ou consulter mes e-mails, on a même rempli mon frigo. J'avais des amis fidèles. Certains m'ont dit qu'ils se doutaient depuis longtemps que je finirais comme ça. Je les écoutais, et je m'interrogeais : qu'étaient-ils en train de me raconter ? Étais-je vraiment en train de finir ? Une chose se finissait donc, et j'étais cette chose. Et qu'entendaient-ils par *comme ça* ? Comme quoi ? Comme un pauvre type ? comme un paumé ? comme un clochard ? Juste ça. Je ne supportais plus autant de sollicitude, vous comprenez ? Je suis parti à Chypre pour épargner mes amis. Je les délivrais enfin de leurs inquiétudes. Moi loin, ils n'avaient plus aucune raison de s'obliger à venir frapper à ma porte, ils pouvaient arrêter de s'appeler le soir pour s'interroger mutuellement sur mon cas. J'avoue aussi que j'aimais bien l'idée d'aller dans un pays où l'on parle une langue que je ne comprends absolument pas, j'ignorais que tout le monde là-bas parle couramment anglais, le moindre gamin connaît mieux l'anglais que vous et moi. Cela ne m'a pas empêché de m'isoler, il suffit d'être en mouvement toute la journée, comme je vous expliquais, de marcher jusqu'à avoir les muscles douloureux, de se perdre dans les rues géométriques de la ville, d'observer les gens sans dire un mot, de ne pas prendre d'habitudes, de changer de restaurant souvent, changer de café chaque soir. J'ai passé presque deux mois à me perdre, je jure que je ne pensais pas à mon retour, je marchais, j'ai découvert la fatigue, et j'ai appris qu'au-delà de la fatigue le corps possède des énergies inconnues. J'ai marché jusqu'au jour où j'ai compris que je n'avais plus un euro en poche. C'était avant-hier, j'étais dans un bar, je buvais mes dernières bières, un pope jeune et obèse est entré, les clients l'ont accueilli en souriant, il avait une queue de cheval et ses cheveux étaient très gras, il est passé derrière le comptoir, a picoré une olive, un gâteau, est revenu s'asseoir juste à mes côtés, un oignon blanc en tige à la main qu'il a croqué en commandant une bière, il s'est tourné vers moi, a tenté de me parler, j'ai fait signe que je ne comprenais rien, lui ne parlait pas anglais, c'était bien la première personne que je croisais qui connaissait uniquement le grec, j'ignore volontairement le vieillard du premier café, celui-là je n'ai jamais su s'il maîtrisait une seule langue. En quelques gestes, le pope m'a fait comprendre qu'il acceptait que je lui offre sa bière, j'ai ri, je n'avais pas même de quoi payer les miennes, alors j'ai ri, j'ai acquiescé, il en a pris une seconde, moi une troisième, nous avons échangé des mots. Français ? Oui, *vai.* Soleil. Beau temps. Bonne bière, *good beer.* Touriste ? Non. French Cultural Center. Pope. Orthodoxe. Des fadaises sans importance, il me souriait, je voyais des miettes prises dans les longs poils de sa barbe, une serveuse a déposé un bouquet d'oignons sur notre table, en guise de crackers qu'il croquait l'un après l'autre, on a échangé encore deux ou trois choses, je l'ai déçu lorsqu'il a compris que je ne m'intéressais pas au foot, il ne s'est pas découragé, il m'a expliqué sa fierté pour les résultats de l'équipe de Famagouste qualifiée en ligue des champions. Il rayonnait de joie. De baragouin en sabir, nous parvenions de mieux en mieux à échanger, c'était la première fois qu'une équipe chypriote réalisait un tel exploit, je me suis intéressé à ce qu'il ânonnait parce que l'histoire devenait politique, usant d'anglais et de grec j'ai compris que Famagouste était une équipe déracinée, la ville étant du côté turc, l'équipe n'avait jamais changé de nom bien qu'installée à Larnaca depuis la guerre. Des joueurs défendaient les couleurs d'une ville fantôme. L'ivresse aidant, j'ai posé des questions, nous sommes arrivés à parler en je ne sais quelle langue, et dès ma bière finie, je me suis levé, il a interrompu mon mouvement, il a posé sa main sur mon bras, il a parlé, longtemps, je ne comprenais plus un mot, et dès qu'il s'est tu, je suis sorti. S'il y a bien une chose extraordinaire à Nicosie, c'est l'absence de méfiance. Les gens vous font confiance. Je suis sorti sans payer et personne ne m'a appelé ; si on m'a vu on a pensé que j'allais revenir, que je sortais pour retirer du liquide ou passer un coup de fil. J'ai aperçu des boutiques désertées et ouvertes dans cette ville, des voitures non verrouillées, des clés laissées sur le contact. Une dame, lors de l'atelier d'écriture, avait écrit un petit texte sur le sentiment de sécurité. Elle avait suivi son mari, il travaillait pour je ne sais plus quelle société, ils avaient quitté Paris voici huit mois. Au supermarché, elle expliquait, elle avait été choquée de voir que les femmes partent au fond des rayons en laissant leurs sacs à main ouverts dans les caddie. Personne n'a l'idée de voler un porte-monnaie. J'ai tourné le coin de la rue et j'ai couru, bêtement, au cas où. J'ai couru jusqu'à ne plus avoir de souffle. Je me suis arrêté au bout de vingt minutes, j'étais perdu, je crois que j'étais presque sorti de la ville, je ne voyais plus que des magasins fermés à cette heure-là, je me trouvais dans une sorte de zone commerciale, j'étais hors d'haleine, je me suis appuyé contre un mur, je respirais difficilement, j'ai vu que le mur était éraflé sur un bon mètre : une ligne profonde encastrée dans le bas. Je me suis demandé quel choc avait arraché la peinture ocre jaune, j'ai pensé à une voiture, et j'ai pleuré. Au petit matin, je suis allé directement à l'aéroport, et vous connaissez la suite. J'ajoute : deux mois, c'est long.

Deux enfants passent en ricanant, un garçon et une fille.

À Nicosie, j'ai connu le désœuvrement de moments si vastes qu'il n'est plus possible de s'inventer de nouvelles occupations, il n'est plus raisonnable de boire encore un café et il serait dangereux de reprendre une bière ; ce sont de grands creux, je n'avais plus l'envie d'errer, nulle part où aller et surtout pas le désir de rentrer à l'hôtel. Pas d'amis à voir, personne à rencontrer, pas de films, personne à coucher dans un lit, juste le goût du temps dans la bouche et une acidité dans l'estomac. J'ai connu l'ennui qui commence là où s'achève l'introspection volontaire, lorsque les pensées tournent à blanc : un ennui lourd qui anesthésie l'esprit, enclume la tête, alourdit et ralentit le corps. Impossible de visiter tout le temps, de toujours marcher, d'aller dans des musées surtout en une île où les musées sont rares. Et mes journées, vous n'imaginez pas combien l'insomnie allongeait mes journées, les achevant tard et les débutant à l'aurore. Parfois, je me secouais, marchais, refaisais le tour du quartier et réalisais avec lassitude qu'il ne m'avait pas fallu plus de quatre minutes pour revenir à mon point de départ. Le temps est lent, il me restait d'inépuisables quantités de minutes avant le prochain repas, avant de rentrer dans ma chambre triste pour m'essayer à dormir. C'était comme si chaque minute comptait pour cinq, comme si ma fatigue amollissait la durée. Les secondes enflaient, puis les minutes, j'avais peur que les heures ne se figent à leur tour, que le jour se fasse complice et que je sois prisonnier d'un intarissable instant, une masse toujours plus dense de temps qu'il me fallait pourtant employer. L'ennui devenait insoutenable, je résistais à l'envie de faire une nouvelle fois le tour du quartier, je me tenais en pleine rue, j'attendais figé, je vérifiais la présence d'un improbable message sur mon portable sans forfait, j'en profitais pour regarder l'heure : victoire, une minute venait de s'effondrer, vaincue. Restaient plusieurs heures avant que je puisse raisonnablement prendre un apéritif et me soûler, manger un peu et tituber jusqu'à l'hôtel, puis zapper des téléfilms grecs et mal dormir. Parfois, la tentation d'aller dans un cybercafé me traversait. Pas plus que de messages, je n'aurais reçu de mails, je le savais, et je n'avais nulle envie de lire en ligne les journaux français. Rien ne me concernait dans l'actualité de mon pays. Je me suis ennuyé à Nicosie. Le temps si long. Beaucoup, voyez-vous, se plaignent d'être tués par le temps, par son passage trop rapide, *Toutes blessent, l'ultime tue*, vous connaissez la phrase écrite sur les cadrans solaires romains. J'ai découvert que l'immobilité du temps est bien plus redoutable que son mouvement. Je découvre des banalités, le moindre détenu en sait plus long que moi là-dessus, je ne l'avais pas compris lorsque j'avais animé des ateliers en maison d'arrêt. Alors, je refaisais, quatre minutes, le tour du quartier.

Un petit homme lourd heurte votre coude, il ne s'excuse pas.

Nous suivons du regard son chemin vers les toilettes. Curieusement, il chaloupe comme si le train roulait. Je n'ai pas vu que des murs décrépis à Nicosie, vous savez, j'ai aussi vu des murs ravagés. C'est un lieu qui conserve les stigmates de la guerre, comme je vous expliquais. La KKTC, Kuzey Kibris Türk Cumhuriyeti, empêche la disparition des traces, c'est le nom de la République chypriote turque, une république qui n'est pas reconnue par l'ONU. Pour les Nations unies le nord de l'île est un territoire occupé. La guerre, je n'y ai jamais été confronté, mes parents sont nés après la Libération, personne de ma famille n'a été envoyé en Algérie. La guerre, c'est une image à la télévision, le visage buriné d'un Henri Fonda ou d'un Robert Mitchum en cinémascope, les images verdâtres des vrais conflits aperçues aux journaux de vingt heures, les flammèches blanches dans les ciels nocturnes ponctués de plop étouffés. La guerre, on en connaît tellement d'images que l'on ne sait pas ce qu'elle est. D'un grand-père cheminot et communiste, j'ai recueilli quelques confidences sur l'Occupation. Il parlait peu, il avait été blessé d'une balle dans le dos, il avait passé la guerre à l'hôpital. Le peu qu'il racontait, je l'ai presque oublié, j'étais enfant lorsqu'il est mort, j'ai souvenir de sa cicatrice, entre omoplate et colonne vertébrale, un creux blanc dans la chair, une peau lisse incurvée de la taille d'une pièce de cinq francs. La guerre, je n'en sais rien, je n'ai pas d'ami l'ayant vécue, elle est dans les journaux et les conversations, j'ai grandi avec des images lointaines, je l'ai retrouvée dans les livres, les fictions et les témoignages, les essais et les analyses. Je n'ai qu'une compréhension intellectuelle de la guerre. Des notions confortables sur la destruction, l'injuste, la fatalité, la nécessité politique, des idées humanistes de gauche coupées d'expériences véritables, fort heureusement. À Nicosie, j'en voyais les fossiles pour la première fois. C'est ainsi, je n'ai pas visité Beyrouth, je n'ai pas visité Sarajevo. Des amis l'ont fait, ils m'ont raconté, ils m'ont montré les photos, je les ai écoutés avec attention, je suis une bonne oreille, ne l'oubliez pas, j'ai entendu des récits d'explorations, de balades dans des quartiers en ruine, j'ai regardé des photos de murs criblés d'impacts, de bitume percé de cratères, cloqué par le souffle des bombes. Je ne pouvais m'empêcher de tenir ces histoires à distance. Visiter un pays à la fin d'un conflit pour se repaître des cicatrices me dérange. Chypre est un paradoxe, riche et démuni, divisé et touristique. À Nicosie, vous longez un mur de bidons et de sacs de sable, cimenté, surmonté de barbelés, surveillé par des casques bleus à peine sortis de l'adolescence. Deux pas en arrière et vous retrouvez l'étalage ordinaire de la marchandise. L'effet est saisissant. Hormis le premier jour, personne ne m'a parlé de la guerre, c'était en 1974, étiez-vous née à cette date ? Non, je m'en doutais, la zone morte entre les deux parties de l'île s'est enkystée durablement. Elle est profonde de quelques dizaines de mètres seulement, elle est comme une lézarde. En marchant d'un côté comme de l'autre, on se dit que la guerre est loin, que jamais la Turquie ne réattaquera la République chypriote. On se dit que l'île se réunifiera. On apprend que de nouveaux check-points s'ouvrent et vont s'ouvrir. On suit alors l'actualité, on frémit lorsque les nationalistes gagnent les élections côté turc. Mais on sait que la guerre n'est plus vraiment là, même si des panneaux sont placardés en bas de la grande rue commerçante, la rue Lidras, qui rappellent que des familles espèrent toujours retrouver les dépouilles de leurs fils, même si on voit toujours les murs effondrés, les immeubles calcinés, les impacts sur la pierre. Les gens qui ont participé à mon atelier d'écriture étaient soit ressortissants français, soit trop jeunes, personne n'avait connu directement cette guerre, ils ne possédaient que des récits de seconde main.

18

Une femme se lève, je ne l'avais pas remarquée auparavant, elle a les cheveux noirs noués en une longue tresse, elle se dirige vers les toilettes, son parfum flotte lourdement sur son passage.

Une fois – je continue mon récit –, une seule fois, un participant à un atelier avait connu la guerre, il était bosniaque, réfugié politique, il avait quitté Sarajevo durant l'été 1995, le conflit reprenait de plus belle. J'ai su par l'assistante sociale qui l'avait inscrit à l'atelier quelques épisodes de sa fuite. Il était journaliste, il avait quitté une riche villa pour se retrouver sans ressources dans un logement d'urgence en banlieue de Nantes. Il a fréquenté pendant quatre mois un atelier, il s'asseyait, prenait une feuille, un bic, écoutait mes consignes et attendait sans bouger la fin de la séance. Je ne savais pas s'il comprenait ce que je disais, s'il avait peur d'écrire, s'il était autiste. Il avait presque cinquante ans. J'ai appris qu'il était l'auteur de plusieurs livres politiques, condamné à mort pour cela, qu'il parlait français, allemand, anglais, russe et serbo-croate bien entendu. Il avait aussi des notions d'arabe et de persan. Cet homme très grand très mince paraissait vidé de l'intérieur. De séance en séance, il contaminait les participants, c'était fascinant et effrayant de constater à quel point il aspirait les énergies et les enthousiasmes. En astronomie, je crois qu'un trou noir absorbe les moindres atomes, les moindres particules, jusqu'à la lumière. Cet homme était un trou noir. Sa seule présence rendait dérisoires les tentatives d'écriture des autres participants. Il engendrait le silence. On avait froid à ses côtés. Son mutisme transformait la moindre phrase en bavardage. En quatre mois, l'homme n'a pas écrit un mot, n'a rien livré de lui, j'ai dû redoubler d'efforts pour qu'il ne transmette pas son apathie à l'ensemble du groupe, j'ai essayé de lui parler à plusieurs reprises. Rien ne l'arrachait à son inertie muette, je regardais ses yeux et j'y voyais seulement mon reflet. J'avais l'impression qu'en prolongeant longtemps mon regard, je verrais en lui : l'os interne de son crâne, plus aucun cerveau, plus aucun organe, un espace évidé absorbant les moindres bouffées d'énergie vitale. C'était une pensée délirante, cet homme finissait par m'effrayer. Avez-vous lu ce conte d'Italo Calvino dans lequel un chevalier s'aperçoit qu'il n'est plus dans son armure ? L'armure bouge, pense, agit, mais elle est vide. Je ressentais le même effroi face à cet homme. Un jour, il n'est pas venu. J'ai appris par son assistante sociale qu'il avait bouclé sa valise et qu'il était retourné à Sarajevo, laissant sa femme et ses deux fils en France. Ensuite, l'atelier s'est achevé, et comme toujours les liens disparaissent, je ne revois plus les participants, je perds rapidement tout contact. Parfois, un ou deux mails sont échangés avant que la relation ne s'estompe tout à fait. Deux mois plus tard, j'ai reçu une enveloppe de Bosnie, une enveloppe-bulle avec une cassette et une lettre. La cassette était l'enregistrement original du premier album du groupe Bijelo Dugme, la lettre me remerciait pour l'atelier. L'homme m'expliquait dans un français impeccable que c'était alors trop tôt pour lui, qu'il ne pouvait pas écrire, il lui fallait revenir sur les lieux, comme on redescend toujours aux enfers, comme on se retourne alors que l'on connaît la consigne. Il m'offrait la cassette. Apparemment, dans les discussions qui suivent la lecture des textes, j'avais un jour parlé d'un film d'Emir Kusturica, je ne m'en souvenais absolument pas. Il tenait à m'offrir cette musique, Bijelo Dugme était un groupe rock en Yougoslavie conduit par Goran Bregović qui par la suite a signé les musiques des films de Kusturica. Bregović, il le connaissait, ils avaient fait leurs études ensemble, fac de sociologie, précisait-il, et ils étaient restés liés, même lorsqu'une composition de son ami était devenue l'hymne national serbe. Il n'y avait pas d'adresse pour la réponse. Par l'assistante sociale, deux ans plus tard, j'ai appris que l'homme n'était pas revenu, que sa famille ne l'avait pas suivi, sa femme avait divorcé.

J'ai parfois tapé son nom sur internet pour avoir de ses nouvelles, pour savoir s'il avait écrit un livre sur la guerre, sur ce qui avait rendu son visage vide et ses gestes lents, mais je n'ai jamais rien trouvé, pas d'entrée, pas de page. J'espère que cet homme accomplit son chemin abrupt quelque part. Et, j'en reviens à mon début, pardonnez cette longue digression, je ne sais rien de la guerre. À Nicosie, on a beau continuer de déterrer des cadavres pour les identifier et les rendre à leur famille, la guerre est un souvenir, un cauchemar de plus en plus lointain. Les seules survivances de la guerre sont les rumeurs qui courent encore sur les disparus, comme aux États-Unis après le Viêt-Nam. Des gens gardent espoir que leur fils ou leur frère ou leur père soit encore vivant, trente-cinq ans plus tard, ayant refait sa vie en Turquie, converti à l'islam ou, qui sait, prisonnier tenu au secret. Vous imaginez ? Garder espoir pendant trente-cinq ans, je crois que ni vous ni moi ne pouvons réellement le comprendre sans l'avoir vécu.

La femme au parfum chargé repasse, elle se plaint à sa voisine que toutes les toilettes sont occupées. Sa longue tresse m'impressionne.

Puisque c'est la nuit de la grande vivisection, il faut que je vous raconte une autre chose me concernant, j'ai refusé un travail récemment, un atelier d'écriture en quelque sorte, un projet novateur, lancé par un hôpital, par le service soins palliatifs pour être exact. On m'a proposé d'intervenir auprès des malades, de rencontrer individuellement des patients en fin de vie pour les aider à écrire le récit de leur existence. L'idée est généreuse, je n'en doute pas, quelqu'un va mourir – on ne dit pas les choses comme ça, on emploie les obligatoires euphémismes, on dit qu'un individu est en fin de vie –, il déborde de récits, de souvenirs et d'expériences, j'en suis certain, chaque existence se remplit de tant de gestes et d'anecdotes, chaque être humain est un roman. Ç'aurait été à moi d'aider à mettre de l'ordre, à trouver un point de vue, à organiser et hiérarchiser les événements. Et à les écrire. Un rôle à mi-chemin entre l'animateur d'atelier et l'écrivain public. Faire que des mondes ne basculent pas dans l'oubli. Consigner des vies pour les offrir aux proches, aux descendants, à la famille endeuillée. Nous nous soucions tellement de la trace et de la mémoire, ne trouvez-vous pas ? Nous voulons savoir qui étaient nos aïeuls, comment ils vivaient, ce qu'ils pensaient, ce qu'ils mangeaient, ce qu'ils ont affronté. Nous chérissons nos arbres, nous voulons des racines, nous enquêtons auprès de l'état civil, et comme le passé ne suffit plus, nous nous soucions du futur : nous voulons léguer, laisser témoignage de nous. Nos images déjà sont démultipliées. Avez-vous des photos de vos aïeuls ? Pour ma part, je n'en ai aucune de leur jeunesse, à part une photo de baptême. Les seuls clichés que je garde de mes grands-parents ont été pris à partir des années 60, à l'arrivée du premier Instamatic dans la famille. Vous et moi, nous possédons des milliers d'images de chaque instant de notre vie. Ce qu'elles deviendront, je n'en sais rien. Je sais juste qu'elles ne suffisent pas à dire quoi que ce soit de significatif sur nous. Maintenant, il faut écrire les vies. On m'offrait la possibilité de bâtir quelques stèles, rapidement, en assemblant les briques du passé. J'ai relu plusieurs fois le message, j'étais dans un cybercafé, on m'avait déjà coupé et le téléphone et l'électricité, j'ai vu déferler une immense vague vers moi, des vies et des vies, des naissances des amours des peines des douleurs des joies des plaisirs des rencontres des nuits des faux-semblants des lâchetés des regrets des larmes des mariages des divorces des nouvelles amours des souvenirs des albums photos par milliers. Des milliers de placards plus ou moins secrets dont il faudrait fracturer les portes. Des étagères longues comme une existence, couvertes de bibelots et de babioles, de drames et de bonheurs. J'ai perdu pied à cet instant. Je ne pouvais pas. Je ne pourrai plus. Je relisais le message, les organisateurs avaient tout prévu. La médiation d'un médecin pour éviter que le rapport entre l'animateur et le patient ne devienne trop exclusif. Il y avait même une close qui m'a fait rire : je devais m'engager par contrat à détruire toute trace du texte écrit une fois celui-ci remis à la famille. Tout brouillon, tout carnet de notes, tout fichier informatique. Vous m'imaginez, assis dans ce cybercafé, il fallait que je prenne une décision dans l'urgence, le message datait déjà d'une bonne semaine. Autour de moi on parlait des langues inconnues, le café était surtout fréquenté par des Noirs africains qui venaient là pour téléphoner à bas prix ou chatter avec leurs proches. Je me suis vu frapper à la porte d'une chambre, entrer un carnet à la main, un crayon dans la poche de ma chemise, m'approcher d'un corps perforé de tubes et de drains, tirer une chaise, ignorer les odeurs embusquées sous celles des antiseptiques, débuter une conversation par les banalités d'usage sur la météo et les nouvelles de la famille, puis poser des questions en notant les réponses et les tics de langage de la personne alitée, afin de mieux les singer une fois revenu chez moi, de rendre le récit le plus vivant possible quand son auteur légitime serait décédé. Apprendre les dates, les événements. Questionner les relations. Assembler la chronologie d'une vie entière.

Le petit homme encombré repasse en respirant fort, il donne de grands coups de son large bassin contre le dossier des sièges.

Un nouveau craquement dans les micros m'évite de continuer, cette fois un contrôleur parle, il répète ce que nous savons tous, *suite à un incident de personne, notre train, etc.* Il préviendra lorsque le train pourra repartir. Et les craquements cessent. La voix hésitante m'a arraché à mon récit. J'étais assis face à un ordinateur, vous disais-je, j'avais payé pour une demi-heure seulement, quelqu'un avait mis de l'encens à brûler, un homme à côté de moi parlait un dialecte inconnu, il avait un micro et un casque sur les oreilles, on m'offrait la possibilité d'échapper à la faillite. Le travail, je voyais bien en quoi il consisterait : des entretiens, les grandes lignes, des détails pour donner du relief, un dosage entre les souvenirs joyeux et les épreuves d'une vie, du clair-obscur et de la lumière, une volonté presque scientifique de rendre compte d'une existence, comme un roman de la fin du XIXe. Ou mieux : une peinture naturaliste, un tableau par exemple de Jules Bastien-Lepage, le portrait de la mariée et le grand-père conduisant les petits-enfants sur le chemin de l'école, des gestes porteurs de la vérité d'un être, des vêtements qui disent une longue histoire familiale, un caractère et une condition sociale peints sur un visage. Ce genre de choses. Les modalités exactes de chaque texte seraient à étudier en concertation avec le personnel soignant, précisait le message. Combien pour dire une vie entière ? je me demandais. Dix séances d'une heure ? Douze ? Quinze ? Ou moins ? Huit ? Cinq ? Et combien pour l'écrire, cette vie ? Une semaine ? Quatre ou cinq soirées ? Deux semaines ? Je me sentais tout à fait capable de m'effacer derrière le récit d'un autre, d'être la main transparente qui ordonne les éléments et dispose ensuite les mots sur la page. Un travail proche du journalisme en somme.

Trouver le début, une lettre d'amour par exemple, la rencontre qui construira le couple, évoquer la jeunesse par flash-back, appuyer la naissance de chaque enfant, parler de la maladie, bien sûr, mais délivrer à la toute fin un message d'amour pour ceux qui restent. Je pourrais, c'est ce que je me suis dit en relisant pour la vingtième fois le message, c'est ce que je vous répète, je sais que j'aurais été capable de trouver la formulation qui rend les choses légères, je réfléchissais à la proposition de travail et des plans s'assemblaient dans ma tête, des structures de texte, des idées, des points de vue originaux. J'envisageais la méthode pour mieux éviter de penser aux véritables enjeux. Je ne pouvais pas accepter ce travail, le comprenez-vous ? Je suis submergé par les histoires, par les confidences, il m'était impossible de recevoir le fardeau supplémentaire de vies en train de s'achever. Chaque texte m'aurait alourdi d'un corps. Je n'y arrive plus. J'ai refusé. Mes mains tremblaient à mesure que je répondais au message. J'ai remercié de la proposition, j'ai prétexté d'autres travaux en cours, j'ai refusé. J'ai accepté la faillite plutôt que l'engloutissement. J'avais peine à surnager sur la crête des vagues. J'ai cliqué, le message est parti, j'ai payé ma demi-heure de connexion, je me suis retrouvé dans la rue, j'avais heureusement le voyage à préparer, c'était dix jours avant mon départ pour Chypre, et la simple idée d'animer encore un atelier d'écriture à Nicosie me semblait au-delà de mes forces. Je ne pouvais plus reculer sur ce point, les choses étaient trop engagées. Ce serait une bulle, un moyen de prendre du recul et de faire le point, je me mentais. Après, j'ai lavé mes questions dans l'errance.

19

Un bruit – raclement de griffes sur du métal – fait se lever les têtes, il provient du toit de la rame.

Comme si des bêtes couraient là-haut, comme si des souris avaient envahi le grenier d'une maison. Non, je n'ai aucune idée de ce que cela peut être. Un animal ? Les conversations sont figées, les passagers écoutent le frôlement. Quel animal s'approcherait d'un train à l'arrêt et l'escaladerait ? Un oiseau de nuit ? une chouette ? Le bruit disparaît, nous restons le nez en l'air à surveiller le plafond en plastique, une photo de nous à cet instant révélerait à coup sûr notre air stupide et attentif. Une crampe douloureuse se forme sous ma nuque. Je suis épuisé, je baisse la tête, il faudrait que je dorme, je vous le dis, précisant aussitôt que je n'arriverai pas à m'assoupir, trop d'adrénaline. Trop de fatigue empêche parfois de se reposer, me répondez-vous, et, bien que je trouve cette phrase ridicule, j'en conviens avec enthousiasme. Vous avez raison. Le wagon est calme, maintenant. Les bruits ont engendré une attente, les conversations se font à mi-voix, sauf l'enfant, qui s'énerve, parle fort, s'ennuie. Une torpeur annexe les gestes. L'oxygène est une chose solide et transparente contre laquelle il faut lutter pour bouger. De petites lucioles lumineuses voltigent devant mes yeux, c'est à nouveau une baisse de tension.

L'homme au pardessus vocifère sa colère.

Les regards confluent vers lui, il profane la quiétude. Il exige à voix haute qu'on lui explique ce qui se passe. Il se lève, dérange la personne assise à ses côtés et entreprend d'aller chercher le contrôleur. *Puisqu'ils ne font rien*, rage-t-il, *puisqu'ils se cachent, j'irai les chercher.* Dans un souffle les portes en bout du wagon s'ouvrent, l'homme disparaît et quelques rires nerveux célèbrent son départ. Fugitivement, je me demande si la personne qui s'est allongée sur les rails a seulement envisagé le train comme une machine de vitesse ou si elle a pensé aux gens à l'intérieur, à ces individus forcés de se représenter sa mort volontaire.

Si j'ai rencontré des mythomanes ?

À vrai dire, je ne sais pas. Ce qu'écrivent les gens, je me fiche de savoir si c'est vrai ou faux. La question de l'expérience vécue ne se pose que lorsque quelqu'un couche sur le papier une histoire trop lourde. Un jour, une femme a écrit plusieurs pages, l'atelier se déroulait dans la salle de réunion d'une association d'insertion. La femme m'avait dit qu'il fallait absolument qu'elle écrive une chose. Elle devait avoir la quarantaine, elle était un peu forte, très discrète. C'était la seconde fois qu'elle venait. À la fin de la séance, elle n'a pas souhaité lire son texte. J'ai respecté. Lorsque tout le monde s'est levé, j'ai vu qu'elle traînait intentionnellement. J'ai compris qu'elle allait sortir la dernière pour pouvoir me donner de la lecture, j'ai compris que je commencerais par refuser et que je finirais par accepter, comme toujours. Rentré chez moi, j'ai hésité, j'étais en colère de m'être une nouvelle fois fait piéger, je m'en voulais de n'avoir pas su refuser fermement, de me placer systématiquement dans ce genre de situation. Irrité contre moi-même, j'ai lu le texte.

Je m'interromps un instant, votre téléphone vibre.

C'est la batterie, presque à plat, dites-vous. Vous me demandez ce que contenait ce texte, je vous le résume : la femme racontait comment son mari depuis cinq ans la prostituait. Cela avait débuté deux mois après son mariage. Un soir le mari était revenu du travail accompagné d'un ami, il avait conduit sa femme dans leur chambre et l'avait forcée à pratiquer une fellation sur ce prétendu ami. Le mari se disait libertin, décoincé. C'est pour s'amuser, ce n'est rien, ça m'excite de te voir avec un autre homme. La femme avait obéi et les séances dans ce genre s'étaient multipliées. Elle précisait qu'elle n'avait jamais pris de plaisir avec les hommes que ramenait son mari, qu'elle le faisait pour lui. Cela avait duré deux ans, à raison d'une ou deux fois par semaine. Si elle protestait, son mari la traitait de coincée, il riait, il lui expliquait qu'elle avait de la chance de ne pas vivre avec un homme jaloux. À plusieurs reprises, elle avait été livrée à deux hommes en même temps. Elle se soumettait, elle avait écrit qu'elle le faisait par amour pour son mari, cela semblait important pour lui. Il y avait un homme plus âgé, aux cheveux blancs qui la terrifiait particulièrement, il se montrait plus violent. Je vous passe les détails. La femme a finalement découvert que son mari la vendait. Le libertinage se transformait en prostitution. Elle avait alors voulu se révolter et le mari l'avait battue. Le texte de la femme s'achevait sur une phrase prononcée par son mari : il lui promettait qu'il la tuerait si elle racontait cette histoire à qui que ce soit. Voilà le texte que j'avais entre les mains, il était vingt heures, j'étais seul chez moi, il n'y avait personne dans les bureaux de l'association qui avait programmé l'atelier d'écriture. J'ai passé une longue nuit blanche, soupesant avec désarroi le poids de cinq années de viols. Ma tête était vide, mes pensées éteintes, je n'arrivais pas à assembler une conviction. Tout m'apparaissait par la négative : la souffrance, la douleur, l'exploitation, l'asservissement volontaire, l'ascendant terrifiant de certains êtres. La nuit fut interminable, je vous le jure, j'ai éprouvé l'avancée de chaque minute et – le lendemain matin – j'ai téléphoné à l'association. Les responsables étaient en réunion à l'extérieur, il fallait que je rappelle dans l'après-midi. La matinée a passé. J'ai retéléphoné. Le directeur et l'éducateur n'étaient pas rentrés de déjeuner, on ne communiquait pas leurs portables. Attente, rappel. Ils étaient en réunion, on pouvait prendre mon message mais il vaudrait mieux téléphoner le lendemain dans la journée. Je n'en pouvais plus, je me suis rendu dans les locaux de l'association, j'ai attendu dans le couloir, j'ai littéralement agrippé le directeur lorsqu'il est passé devant moi, je me suis enfermé dans son bureau et j'ai expliqué la situation. Il savait. Tant que la femme ne porterait pas plainte, il n'y pourrait rien. Ils n'étaient pas assistants sociaux, ici, ils aidaient à trouver des stages qualifiants, voire des emplois aidés. Il m'a dit de me calmer. Si elle l'a écrit, m'a expliqué le directeur, c'est qu'elle va peut-être vouloir réagir, et il m'a éconduit fermement. Une semaine a passé, je ne sais comment. La femme n'était pas à l'atelier suivant. J'avais écrit un court texte pour elle. Moi qui apprends aux autres à faire des phrases, j'avais hésité sur chaque mot, j'avais déchiré plusieurs feuilles. Après l'atelier, je suis retourné parler au directeur, il a soufflé en m'apercevant, une petite expiration irritée, j'ai demandé des nouvelles de la femme, il m'a répondu que ce n'était pas mon affaire, je me suis énervé, il m'a dit que je n'avais aucune preuve de ce qu'elle racontait, qu'elle pouvait tout autant être une mythomane, que de toute manière elle avait trouvé un stage, elle ne dépendait plus de l'association maintenant. Le directeur portait un pull torsadé, je me suis fait la réflexion que ce genre de pulls ne s'achète pas, ils sont faits main, je me suis demandé si c'était sa femme ou sa mère qui l'avait tricoté, puis j'ai arrêté l'atelier. Il ne restait que deux séances, j'ai préféré mettre un terme à mon contrat. Je lui ai dit de trouver un autre prestataire. Il a répondu que je prenais les choses trop à cœur.

Un cri, brusque, nous fait sursauter.

20

À l'autre bout du wagon, une dame a crié, elle s'est levée, elle regarde fixement vers la vitre, elle regarde autour d'elle, se rend compte qu'elle est observée par tous, elle rabaisse le doigt qu'elle tendait, elle rougit, elle s'excuse, elle parle à ses voisins, je n'entends pas ce qu'elle dit, un homme plaque son visage contre la vitre, il se redresse avec un air contrit, je comprends que la femme a cru voir quelque chose à l'extérieur. Un visage, me dites-vous, vous avez saisi ses explications. Elle a cru voir un visage dans la nuit, dans le vide des champs, un visage très pâle à quelques centimètres d'elle. Un secouriste ? un pompier ? Je n'en sais rien. Ou un rêve ? La femme a dit qu'elle dormait, qu'elle s'est réveillée, qu'elle a entrouvert les yeux et qu'un visage incolore la regardait. Un rêve alors. Nous sommes coincés sur les lieux d'un suicide, il y a de quoi faire des cauchemars, je l'avoue. Vous bâillez, votre main devant votre bouche. Vous vous endormez. Pas moi. Vous ne comprenez pas comment je fais puisque je n'ai pas dormi depuis bientôt deux jours. Moi non plus, je ne comprends pas, je suppose que je m'effondrerai en arrivant chez moi, que les nerfs me portent, comme on dit. Combien de temps peut-on tenir sans dormir ? Je suppose que seuls des spécialistes de la torture pourraient répondre à cette question. Empêcher les prisonniers de dormir est une pratique courante. J'ai la sensation d'un détachement de plus en plus cotonneux, c'est peut-être l'aboutissement de tant de fatigue : la perméabilité entre l'éveil et le rêve, l'impression que ce que l'on vit n'a pas plus d'importance qu'un songe.

La dame se rassoit à sa place et je la perds de vue.

J'arrête de parler, je crains fort d'en avoir déjà beaucoup trop dit. Je réalise maintenant que j'ai parlé comme dans un rêve, moi le muet, celui qui retient, celui qui contient. Vous ne me posez aucune question, je vois la scène de vos yeux : vous vous installez dans le train et – pas de chance – vous tombez sur le passager bavard, dépressif, vaguement inquiétant, celui qui vous tiendra la jambe durant tout le trajet, qui vous racontera sa vie, ses malheurs, ses problèmes, vous montrera ses varices et vous détaillera ses flatulences. Et – comble du malheur – votre train est coincé pour des heures. Un reste de décence me pousse à me taire. J'ai de moi l'image d'une boîte de conserve. Je revois mes parents vider l'appartement de ma grand-mère à sa mort. Je revois l'intérieur du placard, dans la cuisine, l'étagère tout en haut, la vingtaine de paquets de lessive à la main, collés au bois de l'étagère par une ancienne infiltration, les paquets se déchirant à cause de l'humidité et la lessive se répandant en gros blocs agglomérés sur le sol. Je réentends mon père gueuler, des lambeaux de cartons dans les mains, la lessive dégringolant des étagères, s'emporter contre les lubies de cette vieille folle. Je revois les boîtes de conserve : des confits, des haricots verts, des pâtés, des raviolis, des boîtes périmées – certaines depuis plus de dix ans –, boursouflées et déformées par la pression interne. Je ne savais pas qu'une boîte pouvait gonfler lorsque son contenu pourrissait. Je réentends mes parents se mettre en colère devant ce gaspillage, répéter qu'elle n'avait vraiment plus toute sa tête, ma grand-mère. Je réentends mon père dire que si on en ouvre une, on fait sauter l'immeuble, les gaz contenus asphyxieraient une bonne partie de la ville, on pourrait s'en servir pour bombarder un pays ennemi, il avait découvert une nouvelle et dangereuse arme bactériologique. Je le réentends rire jusqu'au moment où ma mère lui avait hurlé de se taire, de respecter la mémoire de sa mère. Je me sens comme l'une de ses boîtes : déformé par la pression interne, prêt à exploser. Mes pauvres images me font sourire, je sens surtout qu'il faut que je dorme, que j'arrête de penser n'importe quoi.

Vous bâillez, de nouveau.

Je parviens de justesse à ne pas m'excuser une nouvelle fois de mon bavardage et de mes confidences. Je vous souris, vous me souriez. Plutôt que de ressasser des souvenirs inutiles, nous ferions mieux de dormir, je vous propose. Soulagée d'échapper à ma conversation vous me regardez avec une intensité amusée. Je constate à quel point la fatigue vous va bien : les cernes sous vos yeux mettent en valeur leur clarté, la tension légère raffermit votre visage. Je crois que j'ai toujours eu un faible pour les imperfections. Le relâchement gomme l'artificielle douceur de vos traits, le masque tombe un peu et je vous trouve réellement belle. On dort, dites-vous joyeusement. Oui, on dort. Je me fais des films : nous parlons comme deux amants complices après l'amour. Vous remontez l'une de vos écharpes – la plus claire – jusqu'à votre nez et vous fermez les yeux. J'en profite pour vous regarder quelques secondes sans gêne. Vous vous êtes emmitouflée comme un petit enfant remonte les draps la nuit. Je me détourne. Il n'y a rien à voir dehors, rien à entendre dans ce wagon, je suis au-delà de l'effort de lire, je ferme à mon tour les yeux. Je ne dormirai pas. Je n'ai pas développé assez d'antivirus pour me protéger des histoires d'autrui. Pire, j'ai pris plaisir au recueil des confidences. Le pli date peut-être de ma petite enfance, ma mère me chuchotant sa colère contre mon père. Ma mère me racontant des choses qu'un enfant ne devrait pas entendre, ma mère disant que mon père la forçait. Ma mère donnant des détails. Je suis dans ma chambre, j'ai cinq, huit, dix ans, je me suis lavé les dents, je me suis mis en pyjama, j'ai préparé mon cartable pour le lendemain, je suis en CP, en CE, en CM, je suis bon élève, très doué en rédaction, j'adore écrire des histoires. Je vais au lit à 20 h 30, après le journal télévisé dont je regarde le début d'un œil distrait en jouant. Je vais me coucher durant les publicités, ma mère m'accompagne dans ma chambre, mon père ne bouge pas du canapé. Je me glisse entre les draps, ma mère s'assoit un instant sur le bord du lit. Parfois elle s'allonge en se plaignant d'avoir les jambes fatiguées. Elle me parle, une minute ou deux, puis elle me souhaite une bonne nuit, m'embrasse sur le front et va rejoindre mon père au moment où le film commence. Elle me raconte ses déboires avec son chef, avec ses collègues, elle m'avoue qu'elle n'en peut plus de travailler dans ce supermarché, que les cartons sont lourds, qu'elle a mal au dos à force de ranger des paquets sur les rayonnages. Elle se plaint des clients les jours où elle est en caisse. D'une main, elle lisse mon dessus-de-lit, parfois elle se lève et me borde, tirant le drap jusqu'à me couper le souffle. Elle me dit et redit combien elle m'aime. Elle m'explique qu'elle mourra lorsque je quitterai la maison parce qu'elle n'a pas d'autres raisons de vivre que moi. Elle me chuchote que mon père est un égoïste. Elle n'ose pas employer le mot salaud, les gros mots sont interdits. Elle me raconte son enfance, son père qui la battait, sa mère qui détournait la tête, cette même mère dont elle défendra la mémoire une fois morte. Elle me confie que si elle n'était pas tombée enceinte, jamais elle ne se serait mariée avec mon père. Elle dit aussi qu'il la force à faire des choses qui l'écœurent. Elle n'en dit pas plus, sauf un soir, je ne sais plus quand, je ne sais plus quel âge j'ai, ma mère se lève, elle éteint la lumière de ma chambre et j'entends sa voix dans le noir me susurrant que mon père la force à prendre son zizi dans sa bouche. Elle quitte la chambre, me laissant seul avec mon dégoût. Je passe la nuit en me demandant comment je pourrai me retrouver en face de mon père sachant qu'il fait pipi dans la bouche de ma mère. Longtemps il m'a dégoûté. Un jour, j'ai compris qu'il ne s'agissait pas d'uriner. Plus tard, j'ai compris que c'était ma mère qui était dégoûtante de me prendre en otage, d'imprimer de force dans mon esprit des pensées qui n'étaient pas de mon âge. « Je ne connais maintenant rien de plus horrible qu'une pensée de vieillard sur un front d'enfant », écrit Balzac dans *La femme de trente ans*, un roman un peu foutraque, fait de bric et de broc. C'est l'une des premières citations qu'adolescent j'ai recopiées. Depuis, j'ai des carnets noirs de phrases, dont je me sers parfois pour amorcer un travail d'écriture en atelier, mais celle-ci non, jamais je ne l'ai utilisée, j'ai trop peur de ce que cela donnerait. Enfant, j'ai écouté ma mère, patiemment, chaque soir, chaque jour, accumulant ses peines, ses douleurs, ses frustrations. Je les gardais comme un secret, je me sentais digne de confiance, je me sentais fort de ce savoir. J'ai grandi heureux d'être un confident digne de ce nom. Adolescent, je me suis révolté, j'ai haï ma mère de m'avoir utilisé, j'ai haï mon père d'avoir laissé faire, je suis parti de chez moi dès que j'ai pu. Les confidences s'étaient raréfiées à mesure que je grandissais. Ma mère n'avait pu me maintenir enfant, me maintenir dépendant. Elle savait bien qu'adulte je la rejetterais.

J'ouvre les yeux un instant.

21

Vous n'avez pas bougé, votre souffle est régulier, il faut pourtant de longues minutes pour s'endormir réellement. Presque invisible, un très fin duvet blond surmonte votre lèvre. Je souris : dans un atelier d'écriture tout le monde écrirait *ourle votre lèvre*, une phrase toute faite supposée être littéraire. Noir. Je ne dois plus penser aux ateliers. Je n'ai jamais revu mes parents. Dès ma majorité, je n'ai plus accepté de les voir. Je l'ai regretté lorsque j'ai appris leur mort. Un regret de plus, une pierre de plus au fond de mon esprit. Lourde, celle-ci. Combien de pierres ? J'avais gardé le contact, limitant à quelques coups de fil espacés mes rapports avec eux, refusant de me retrouver en leur présence. Je suis rentré un soir et il y avait ce message sur mon répondeur, on appuie sur une touche et on ne sait pas qu'une bombe va exploser, la voix de mon père, tremblante, incohérente, me demandant de le rappeler, une voix implorante. Je rentrais d'une soirée chez des amis, il devait être une heure, une belle nuit, j'étais ivre, la voix glaçait mon estomac, mon corps entier, le givre a envahi l'appartement, les fenêtres se sont opacifiées, je savais. Mon père voulait que je le rappelle à n'importe quelle heure. Je savais. Mon père, jamais, ne téléphonait. Mes parents, toujours, se couchaient tôt. J'imaginais un accident, j'imaginais un problème de santé, je n'imaginais pas que mes parents étaient surendettés, que le plan de désendettement qu'ils avaient mis en place prévoyait la vente de leur maison et d'une grande partie de leurs biens. Je n'en savais rien. J'ai appris tout ça par la suite, j'ai appris ce qu'était un *reste à vivre* – le montant minimum que l'on laisse à quelqu'un de surendetté, après retenues sur revenu, le RMI à peu de chose près –, j'ai lutté pour ne pas décortiquer cette expression, moi qui aime jouer avec les mots, pour ne pas comprendre qu'un reste à vivre n'est pas qu'un montant mais également une durée. Mon père m'appelait parce que ma mère était incapable de parler, muette, prostrée, ils avaient cru jusqu'au dernier instant qu'ils trouveraient une solution, que les associations d'aide aux consommateurs les aideraient. Seulement, leur surendettement, ils l'avaient cherché. Surendettement actif, c'est le terme, pour différencier du surendettement passif, celui causé par une brusque perte d'emploi ou un accident de vie. Rien de ça chez eux, seulement des crédits à la consommation empilés les uns sur les autres, je connaissais le mécanisme, merci, une dame me l'avait expliqué lors d'un atelier. Des envies, des meubles hors de prix, deux voitures trop chères, une télé trop grande, trop d'abonnements à trop de services, trop de choses, d'objets, de gaspillage, de marchandises régulièrement remplacées par de nouvelles marchandises, plus clinquantes, plus désirables, plus coûteuses. Et l'engrenage : les prêts à 20 %, les intérêts tellement élevés que l'on ne rembourse jamais les capitaux, les échéances et les sommes à régler qui dépassent de loin les montants des retraites, la vague de peur, l'inondation de dettes, la noyade. La voix de noyé de mon père au téléphone m'expliquant les détails du naufrage, vous dormez sinon j'aurais tenté de vous la décrire cette voix, comme j'aurais pu vous dire que cette histoire d'endettement me rassurait dans le fond, j'avais craint bien pire, j'avais craint de ne pas revoir ma mère vivante un jour. Je ne savais pas que c'était ce qui se passerait finalement. Alors, comprenez-vous, la peur a mué en colère. Ils avaient bien cherché leurs ennuis, je leur en voulais, j'ai hurlé à mon père que c'était son problème, qu'ils n'avaient qu'à faire attention. Ils auraient pu être adultes à soixante ans passés, ils avaient toujours été immatures, ils avaient agi comme des enfants avec moi, j'étais l'otage – le jouet – à travers lequel ils réglaient leurs comptes, ils n'avaient jamais été responsables. Dans ma colère j'ai crié des choses regrettables que j'ai regrettées par la suite. Je leur ai dit que je n'avais rien à foutre de leurs problèmes.

Nouveaux craquements dans les haut-parleurs.

Je n'ouvre pas les yeux, je n'ai rien à regarder, le train repartira, les trains repartent toujours, une fois le décès constaté, les morceaux récupérés, les rails photographiés, les empreintes de pas relevées, les pompiers et les gendarmes et l'ambulance envolés, le train repartira, et il arrivera à Nantes, et je descendrai et je rejoindrai le grand vide où mes parents ont déjà sombré. Je ne sens plus mes bras, je ne sens plus la douleur sur mon sternum, tout reflue, tout s'estompe, j'entends encore votre souffle, il est régulier, il a atteint la profondeur apaisée du sommeil. Les conversations s'éloignent. L'homme au pardessus est revenu, il a repris ses jérémiades, je me demande comment son voisin fait pour le supporter, je m'imagine le ligoter sur les rails et l'abandonner au train suivant qui contiendra un homme atroce revêtu d'un pardessus similaire, et ainsi de suite… Je descends encore une marche et le train cesse d'exister, je suis à Nicosie, je suis dans une chambre d'hôtel inconnue, je suis chez moi, je ne suis nulle part, je pourrais tout autant rouvrir les yeux et je verrais des murs blancs, de la toile de verre peinte collée contre les cloisons. Ou je serais chez moi, dans ma chambre dépouillée, des livres poussiéreux tout autour. Ou perdu dehors, en plein champ. Ou allongé sur la voie alors que ce train – justement – arriverait à vive allure, heureux d'en finir enfin, terrifié à l'idée de souffrir. Je garde les yeux fermés, les cloisons du train disparaissent, les animaux qui grattent le toit et tapent contre les vitres entrent, ce sont des renards, des cerfs, des sangliers ; des buses et des faucons crécerelles, ils viennent venger les leurs happés par le passage des TGV depuis des années, ils déambulent dans la travée centrale, ils ont l'air de ceux qui savent leur victoire assurée, ils se taisent, les passagers craignent la présence des animaux ; les défenses recourbées du sanglier, les crocs fins et aigus du renard et les bois des cerfs provoquent des frissons. Les animaux sont en griffes, en cornes, en muscles, en sauvagerie, en serres et en brutalité, ils sont las d'être des proies, ils viennent réclamer leur revanche. Un sanglier s'attarde, les passagers frémissent en contemplant ses grès luisants, la bête doit peser plus de cent kilos, elle possède la puissance qui déchiquette les hommes. Des hérissons, des rats, des furets, des musaraignes, des belettes sautent de fauteuil en fauteuil ou se faufilent entre les jambes des voyageurs médusés, et leurs crocs sont redoutés, sans parler des maladies qu'une morsure propagerait à coup sûr. Je garde les yeux fermés alors que la nature prouve qu'elle n'est pas aussi domestiquée qu'il y semble. Immobilisé, le train n'offre plus la protection de ses 300 km/heure. Les animaux impassibles regardent les passagers terrifiés, ils hument les odeurs de sueur et de peur et cette odeur leur est agréable, leurs naseaux frémissent de plaisir. Une biche s'approche, je la devine, elle me sent, elle appuie son museau contre mon épaule. Le cerf est deux mètres en retrait, prêt à donner des bois si je me rebiffe, à la moindre agression ce sera la curée. J'ouvre les yeux pour voir l'animal, je suis dans le train, les parois plastique sont à leur place, j'ai rêvé, je crois. Je prends conscience du poids sur mon épaule.

Votre tête a glissé, vous vous appuyez contre moi.

22

Votre parfum, soudain, je le respire, la chaleur de votre tempe enveloppe mon épaule, infusion délicieuse qui achève de tout à fait me réveiller. La présence de votre tête contre moi est une question. Quelle part d'abandon inconscient et quelle part d'approche délibérée ? Votre souffle est métronomique, vous dormez. Je ne sais que déduire de cette surprenante intimité, je ne bouge plus, je garde précieusement ce contact, j'ai peur de vous déranger, peur de votre embarras lorsque vous réaliserez votre position, peur de tirer des conclusions d'un hasard qui ne prêtera pas à conséquence. Toujours est-il que ce contact m'électrise. C'est la chaleur survivante d'un monde refroidi. Vos cheveux ont coulé sur mon torse, vous dormez sans un bruit excepté celui léger de votre respiration. Je ne peux regarder vos yeux, savoir s'ils roulent sous vos paupières closes, savoir si vous rêvez, si votre sommeil est superficiel ou bien profond. Il faut du courage pour ne pas se poser de questions, je les chasse, je m'ouvre au seul contact d'un instant, je me rends disponible, entier. Des fourmillements désagréables parcourent mes avant-bras, j'ai mal au dos, mal aux jambes, mal dans la région du sternum. Je demeure pourtant parfaitement immobile, statue pétrifiée par une tempe chaude. Il faudrait que cet effleurement dure toujours, que je sois au moins utile au délassement de votre nuque, que j'en profite éternellement pour m'enivrer de votre parfum. Je vous respire. Cela faisait longtemps qu'un épiderme n'avait approché le mien. Je ne sais plus dater la dernière fois où une femme a posé en toute confiance sa tête sur mon épaule. Le passé est une pâte indistincte. Je retrouve quelques amours rapides, des élans, pas de gestes aussi tendres qu'une tête abandonnée. Des étreintes d'un soir mais mon corps seul dans le lit, le lendemain. Jamais assez de temps pour une caresse aussi simple. Je croyais avoir été un désagréable compagnon de voyage. Une boule d'émotion monte que je combats, je ne vais pas craquer, pas pour un accident, pas pour votre relâchement. J'imagine combien vous serez gênée en vous éveillant, je ne vais pas ajouter mes larmes à votre embarras. Délicatement et lentement, je tourne la tête vers la vitre, je nous contemple dans le reflet, je regarde le verre stupide et obscur, le wagon est très silencieux, les gens dorment, les gens ont pris leur mal en patience, les derniers énervements se sont délités. Les gens peuvent s'en remettre à la protection de l'habitacle, je repense à mon rêve étrange, les images d'animaux finissent de se gommer, le rêve s'enfuit, je ne sais plus qu'une ou deux sensations. Un point lumineux, dehors, attire mon attention. Une petite lumière – une lampe ? – qui virevolte. J'observe sa trajectoire erratique. Qui joue avec une torche ? Qui danse dans le champ boueux ? La clarté s'élève, décampe vers l'avant, se ravise, dessine des boucles dans la nuit. Une mouche lumineuse se déplacerait comme ça. Je n'arrive pas à concevoir que la lumière soit produite par un être humain, elle se déplace sans logique. J'imagine une savante illusion d'optique, un miroitement improbable, et la lumière disparaît. Un instant elle dansait, l'instant suivant elle n'est plus là. Je fronce les sourcils, je scrute, en vain ; la petite boule lumineuse ne revient pas. Je m'acharne à regarder dehors, je ne m'étonne de rien, les choses se produisent, les lumières apparaissent, les passagères prennent les épaules des passagers comme oreiller, les heures passent. À force d'immobilité, la logique ordinaire n'a plus cours. La boule d'émotion reflue avec lenteur, d'une main je tâte ma poche, je sens la présence dure de la douille, son contact – au travers du tissu de mon jean – me rassure. Je vous revois caresser le coin de votre écharpe, je n'agis pas différemment. La matérialité du métal réconforte mes doigts. Mon épaule et mon bras s'engourdissent, je ne peux faire un mouvement sans vous chasser, j'accueille avec bonheur la chaleur de votre contact, je vous suis reconnaissant de m'offrir ça, je suis épuisé, je crains maintenant que le train ne redémarre, je ne veux pas être arraché à cette ultime bulle de confort, je n'ai rien à faire dehors, seulement subir les conséquences de ma désinvolture.

Une femme, jeune, traverse la rame, des écouteurs vissés à ses oreilles filtrent les chuintements d'une musique rapide.

Son regard capte le mien, la jeune femme me sourit, je souris en retour en me figurant ce qu'elle a entrevu : un couple, uni, voyageant côte à côte, la femme abandonnée en toute sécurité contre son amant. Une image ordinaire et trompeuse. Vous bougez très lentement, dans votre sommeil, un tremblement circulaire de votre tempe imprime une caresse à mon épaule et l'émotion qui s'ensuit, je la combats, je crains de me laisser envahir. La jeune femme aux écouteurs a quitté le wagon, partie ailleurs déverser l'écho de sa musique. Je ferme les yeux et la pression de votre tête en devient plus forte, j'amasse mon corps, le plie et le replie comme un mouchoir pour le glisser contre vous, j'aimerais tout entier être dans ce contact, dans les quelques centimètres carrés qui me relient à votre épiderme. Je profite pleinement de votre abandon. J'ai passé des heures à ruminer en votre présence, à volontairement trier mes souvenirs pour en extraire le pire ; et encore, il y a tant de choses que je ne vous ai pas dites, la mort de mes parents suite à leur ruine, par exemple, ma seule réaction a été de me déshériter. C'est facile, il suffit de le faire sous trois jours auprès d'un greffier. Refuser l'héritage. J'ai fait inscrire ces mots sur un acte officiel, refuser l'héritage, j'étais calme et décidé, je refusais d'hériter de dettes et de traites, je refusais de payer pour eux morts comme je l'avais refusé pour eux vivants, c'était une simple démarche administrative, un formulaire à remplir, et je me croyais protégé – hors de danger –, définitivement immunisé contre l'héritage, je n'avais rien compris, vraiment rien, je ne savais pas qu'il y a des héritages qui ne se refusent pas, des héritages de l'intérieur qui poussent à reproduire les mêmes erreurs, qui obligent à endosser les rôles des défunts. J'ai lentement couru à ma perte, bardé de littérature et de citations, de cynisme bon marché et de désillusions éclairées. « Tous nous sommes déshabitués de la vie, j'aimais répéter, nous boitons tous, plus ou moins. » J'adore ce passage, je le connais par cœur. « Nous en sommes déshabitués à un tel point, que par moments nous avons une espèce de dégoût pour "la vie vivante". » C'est un extrait d'un roman de Dostoïevski que j'ai traîné d'atelier d'écriture en voyage, la couverture de mon édition de poche est manquante tellement ce livre a été feuilleté et trimbalé sans ménagement. Par passivité, j'ai accepté d'être contaminé par le dégoût de la vie, je me suis effacé, je me suis empli des histoires des autres, je me suis laissé greffer un héritage, je n'ai rien accompli de moi-même, je n'ai rien vécu, même ma ruine ne m'appartient pas. Les enfants battus battent leurs enfants, dit-on, je l'ai constaté en recueillant des récits en atelier. Les enfants d'alcooliques boivent. Les enfants d'endettés s'endettent.

Un grattement contre la vitre, mais je ne vois rien.

Et rien qui soit visible gratte. Des esprits, des fantômes. Combien sommes-nous dans ce train ? Trois ou quatre cents. Combien de fantômes par personne, libérés par l'inaction et la proximité de la mort violente ? C'est ma question : combien chaque individu transporte-t-il en lui de fantômes ? Quel est le poids de ces héritages irrecevables ? Cela ferait une belle image dans un film ou un roman : un suicide ouvrirait momentanément les portes verrouillées des mémoires, et des milliers de fantômes se verraient libérés pour quelques heures, ils folâtreraient dans les champs, prendraient des nouvelles du monde, s'indigneraient du peu d'honneur que les vivants leur accordent. Ils dégourdiraient leurs membres immatériels, pressés de s'agiter, sachant que les choses rentreront très vite dans l'ordre, qu'ils se retrouveront très vite cadenassés derrière les préoccupations quotidiennes. Je les vois un instant, mes spectres, mes parents, l'homme de Nicosie et son frère jaillis hors de la douille, les revenants enchâssés dans toutes les histoires que je n'ai su oublier. Des légions d'esprits irritables qui mènent grande vie, dans la proximité d'un train abandonné. Les passagers dorment tous, je suis seul à veiller, je ne sais ce qui s'affaire dehors, j'écoute votre souffle régulier, je lutte contre l'envie de poser ma main sur votre joue, de goûter la douceur de votre peau, lisser le duvet au-dessus de votre lèvre, ce ne serait que de la tendresse, je suis au-delà de l'effort de la sexualité, je crois, j'écoute se dérouler la nuit, la détresse m'a vissé à mon rôle, dehors file le monde.

Un couinement, je ne sais s'il vient du wagon ou de l'extérieur.

Quelqu'un peut-être gémit dans son sommeil, assailli dans ses rêves. De nouvelles lumières, minuscules, volent. Des feux follets, je pense, et cette pensée ne m'effraie pas. Rien dans les champs alentour ne peut produire ce ballet de flammèches, je contemple une chose impossible et inexplicable, je m'en fous, je suis trop épuisé pour m'effrayer. Les lumières dansent un instant et disparaissent. Elles étaient belles. La nuit est un mur contre lequel je ne veux plus donner de la tête. Votre tempe, j'aimerais m'assurer de son confort, je crains que mon épaule ne soit trop osseuse, je me voudrais coussin, il faudrait que je sois gras. Votre tempe m'érotise. Ma main se glisse vers mon pantalon, non pour tâter la douille mais pour presser une brève seconde mon érection. Je réalise aussi que cela fait de nombreux jours que je n'avais pas bandé. Je vous respire, je ne sais si mon érection est visible au travers du tissu du mon jean, je referme les yeux, je ne veux pas être distrait par les spectres impossibles qui jouent dans les champs, je veux profiter de ce répit, il a fallu que quelqu'un meure pour que j'éprouve le soulagement de me sentir en vie. Je retourne cette pensée cruelle dans ma tête, et je m'endors tout à fait.

23

Mesdames, messieurs, fait une voix.

Je l'entends mais ne parviens pas à bouger, je suis totalement coupé de mes muscles, débranché, un jeune adolescent avait écrit un texte sur son grand-père totalement paralysé à l'exception des yeux. L'homme avait été victime d'un accident cérébral, on l'avait retrouvé inerte dans son lit, les yeux ouverts, vivant, mais plus roide qu'une bûche. Le médecin accouru en urgence avait déclaré que le vieil homme était sans doute en état de mort cérébrale, il l'avait pincé pour en apporter la preuve. Ce n'est qu'à l'hôpital, quelques heures plus tard, qu'un interne s'était souvenu de ses cours de neurologie. Il avait demandé au vieil homme s'il entendait et – si oui – de lever les yeux vers le haut. Les yeux du vieil homme s'étaient levés. Le grand-père entendait tout, comprenait tout, souffrait lorsqu'on le pinçait, il ne pouvait tout simplement pas crier de douleur. Il avait entendu son fils, à son chevet, se demander combien il tirerait de la vente de la maison.

La SNCF s'excuse de cet arrêt.

Je suis rompu, enlisé dans le sommeil, je n'arrive pas à m'en extraire. Contre mon épaule, vous bougez. J'ouvre les yeux à l'instant où vous vous relevez. Privée de votre chaleur, mon épaule se glace. J'ai perdu toute notion du temps, mon corps résiste, vous reprenez vos esprits plus rapidement que moi, la voix morne du contrôleur explique que le train va repartir d'un instant à l'autre, l'incident de personne est clos, et je pense aussitôt qu'il n'y a plus personne dehors, c'est fini, une personne est finie, il n'y a plus d'incident. Ce n'était personne. Le français est une langue étrange qui confond l'absence et l'individu, je ne connais pas d'autres exemples d'une telle méprise. *A person* diffère de *nobody*, *persona* de *nadie*, *ninguém* de *pessoa*, *persona* de *nessuno*. Je ne sais pas assez de langues. Comment traduit-on *personne* en grec ?

Les passagers remuent, parlent, se réveillent, s'agitent, murmurent, font craquer leurs articulations, détendent leur dos, déplient leurs jambes.

Les haut-parleurs craquent et la voix se tait. Allez, fait un homme, courage. J'ignore quelle heure il peut être, je ne sais pas si la nuit déjà s'achève, je bouge avec une infinie précaution mon cou. Vous dissimulez un bâillement derrière votre main, je constate que votre tempe et votre joue sont rougies là où elles reposaient contre mon épaule, vous me regardez. J'ai dormi, dites-vous. Je m'applique à maîtriser ma voix. Moi aussi, je réponds, je dormais enfin. Vous souriez, vous ne faites aucune allusion à votre abandon, peut-être pensez-vous que je n'ai rien remarqué, peut-être n'avez-vous pas vraiment conscience de vous être laissée aller jusqu'à me toucher. L'éveil est lent, douloureux, je lutte contre la densité de l'air, chaque mouvement est une victoire, je sens mes jambes ankylosées, mon dos en compote. J'émerge. La nuit est si longue, démesurée, j'ai vieilli, vous clignez des yeux, vous regardez dans ma direction, votre visage porte trace de l'interminable nuit. Vous vous redressez, déplacez vos hanches pour vous éloigner de moi. Vous vous occupez déjà de dénouer les liens de notre proximité forcée.

L'homme au pardessus prévient qu'ils ont intérêt à nous rembourser les billets.

Vous étirez vos jambes dans l'espace restreint de votre siège et vous me dites en souriant que c'est à coup sûr l'entreprise de cet homme qui paye son billet. Je n'arrive pas à parler, ma bouche s'ouvre en silence, ma langue est trop lourde. Je vous souris, nous nous sommes adressé de nombreux sourires gênés depuis que nous avons pris place côte à côte. Un léger vertige, encore, et les lumières s'éteignent et se rallument et le train démarre. Une secousse, une autre. Une onde presque palpable de soulagement parcourt le wagon. Les fantômes, nous les laissons dans notre dos, parmi la terre humide du champ, dans l'ombre des sillons, sous les ramures des arbres, jetés au bas de la voie. Les choses qui grouillaient, grattaient, s'allumaient ont reçu une existence en tribut, l'incident est clos. Vous massez votre joue, vous portez imprimée sur votre tempe la trame de mon pull, ce serait le moment ou jamais pour tendre une main vers vous, pour caresser sur votre peau les plis laissés par mon vêtement, pour retrouver la douce chaleur de votre épiderme. La pensée que nous repartons et que notre bulle d'intimité va éclater me paralyse. Ce serait le moment de vous parler, de vous demander un téléphone ou une adresse, de vous émouvoir, de vous séduire. L'émotion gonfle en moi et c'est le grand vide dans mon esprit, un blanc lénifiant, je n'ai plus un seul mot à dire, je n'ai plus une seule phrase, je ne sais absolument pas comment je pourrais m'y prendre pour vous faire partager mon désir de ne pas tout à fait vous quitter. La nuit est si longue, à s'y perdre, à désespérer de revoir la lumière.

Le micro s'ouvre brusquement pour estimer notre arrivée en gare d'Angers.

Les kilomètres s'envolent, le temps a repris sa course habituelle. Délivrée de l'immobilité et de l'inquiétude, vous vous estompez déjà. Je sais que je ne vous demanderai rien. Je sais que je ne retoucherai jamais votre peau, d'ailleurs vous consultez vos messages. Ça capte. Les passagers téléphonent en masse pour expliquer leur retard, j'entends des conversations mêlées, brouillées, j'entends des dizaines de façons d'expliquer l'arrêt de notre train, le mot suicide revient souvent. Les gens disent aussi fatigue, ras le bol, impatience, agacement et sommeil. Certains s'excusent de l'inquiétude qu'ils ont causée, ils regrettent que leurs interlocuteurs ne soient pas couchés, ils sont confus de provoquer autant de désordre dans la nuit de leurs proches. Il ne fallait pas m'attendre, disent-ils. Vous recevez plusieurs textos, vous répondez à toute vitesse, votre pouce droit sautant d'une touche à l'autre avec agilité. Vous regagnez le monde, par petites impulsions, il déboule sur l'écran couleur de votre téléphone. L'icône de l'antenne porte quatre traits, c'est le bonheur. La batterie est faible mais elle tiendra encore quelques minutes. Les pixels, les ondes, les relais, plus aucun caillou ne fait trébucher votre marche. Vous êtes connectée et plus lointaine à chaque seconde, je me demande si je vous ai vraiment parlé, si j'ai vraiment eu la faiblesse de vous trouver désirable. Maintenant que tout le monde capte, je me sens brusquement coupé du monde.

Non, je vous remercie, inutile de me prêter votre appareil, je n'ai personne à appeler.

24

Ce que je vais faire ? Je pourrais, vampire, mettre bout à bout les histoires qui m'ont été confiées pour assembler un livre. Puiser dans le réel puisque telle est la doxa, abonder en destins et en détails qui donnent l'illusion d'approcher la vie au plus près : savoir si la personne qui allonge sa tête sur le rail a un ongle incarné ou une chaussette trouée, remuer le récit, accumuler les anecdotes comme si cela suffisait à faire un livre ; ce serait un projet foncièrement malhonnête. Une trahison. Les histoires ne m'appartiennent pas, aucune. Je n'ai pas le droit de les écrire. Je me souviens de cette femme qui racontait comment elle n'avait que deux bras et quatre enfants, elle avait sauté par la fenêtre du premier avec ses deux jeunes fils alors que les autres forçaient la porte à grands coups de machette. Elle l'avait écrit son saut du premier étage, elle l'avait écrit parce que sans doute elle le revivait depuis quinze ans, chaque jour, ce saut, cet élan extraordinaire, cette force de soulever deux garçonnets, de les caler contre ses hanches, d'enjamber le rebord de la fenêtre, de chuter de trois mètres sans se blesser, sans lâcher les enfants, sans rouler au sol. Elle avait abouté des mots malhabiles pour raconter qu'elle était tombée sur ses pieds et qu'elle avait couru se perdre dans la nuit africaine pendant que la violence se ruait dans la maison, gravissait en hurlant l'escalier, répandait sa haine dans les chambres de l'étage où la femme avait bien été obligée de laisser ses deux fillettes, elle n'avait que deux bras, elle n'était pas une pieuvre, c'était l'image qu'elle avait employée. Une pieuvre pourrait sauver huit enfants. Je n'ai pas le droit de l'utiliser cette histoire, et pourtant elle doit être connue, sans les mots rien n'existe, les crimes sont effacés, les mémoires s'estompent. « Ceux qui ne connaissent pas leur histoire s'exposent à ce qu'elle recommence », c'est d'Élie Wiesel, encore une phrase qui sert aux ateliers d'écriture, une citation usée et embarrassante. La femme, elle saute par la fenêtre depuis quinze ans, chaque jour, elle avait réussi à décrire son saut et – grâce aux mots – la douzaine de participants à l'atelier et moi-même sautons de temps à autre par la même fenêtre. Parfois nous sauvons les filles, parfois les garçons, parfois un garçon et une fille, les combinaisons sont limitées qui aboutissent toutes à ce grand saut désespéré et vital dans le vide. Le devoir de mémoire est effectué. L'histoire a été écrite par cette femme bien mieux que je ne le ferais, elle a été écrite avec des phrases malhabiles et superbes d'où il aurait été indécent de relever les erreurs grammaticales et de corriger un verbe. Écoutant cette femme lire son récit, j'avais réalisé que je ne servais à rien, parce que rien n'est plus juste que les mots boiteux d'une femme qui raconte qu'elle n'a pas trébuché. Cette histoire, je la porte parmi tant d'autres que je ne vous ai pas racontées, ce n'est plus temps de vous parler, vous avez repris le téléphone que vous me tendiez et vous rassurez vos proches, vous écrivez message sur message, vous êtes tout entière dans le mouvement de votre pouce comme j'étais – dans une autre vie, une vie immobile – tout entier dans le contact de votre tempe. L'idée de faire un livre, j'y renonce. Je n'aurais aucune légitimité à piocher dans les drames des autres, à compiler mes petits récits de vies édifiants, *exempla* laïques. Les histoires des autres, il faut que j'y renonce, ce sont à eux de les écrire. Pour ma part je suis sans histoire, je n'ai rien à dire de moi, je n'existerai plus à la descente de ce train, vous m'oublierez, vous vous souviendrez de cet arrêt forcé en pleine campagne, vous vous souviendrez vaguement qu'un type bizarre voyageait à vos côtés, un type sans histoire, cousu de récits de vies qui ne sont pas les siennes. Un type qui a accepté de ne pas avoir d'histoire pour se rendre disponible à celles des autres. Un confident anonyme qui vous a soûlée de sa foudroyante crise de bavardage, quelqu'un sans anticorps contre la violence du monde. Un monomane dépressif, je souris, je me redonne le beau rôle, celui de la victime.

Le train roule, les gens sont rassurés.

Incident de personne, je pense. Je ne suis personne, je ne vous ai même pas donné mon prénom. Une vie d'oreille, quelques heures de paroles et je retombe dans l'oubli. Par ma ruine, peut-être, pour la première fois, je deviens quelqu'un, j'hérite de ma propre histoire.

Le micro, encore : nous serons à Nantes, terminus de ce train, aux environs de trois heures du matin.

Je marcherai de la gare à Chantenay, je longerai le château des ducs de Bretagne, les quais, je remonterai vers la butte Sainte-Anne par l'abrupte rue de l'Hermitage, j'aime la vue de là-haut, les anciens secteurs portuaires de l'île Beaulieu, les grues devenues mastodontes décoratifs, la Loire noire et silencieuse. J'arriverai à la porte de mon appartement, et ensuite, on verra.

Le train file, les lieux du drame s'éloignent, d'autres trains passeront sur ces rails sans encombre dès l'aurore, un fantôme seul errera à jamais sur les lieux de sa mort, si on en croit certaines traditions. Peut-être – un jour – viendra-t-il se coller aux fenêtres d'un autre train arrêté au long de ce même champ. Les gens entendront de petits bruits, des grattements, ils ne comprendront pas. Un insomniaque apercevra danser une luciole dans la nuit. L'incident de personne ne concerne plus personne, toutes traces de ce qui s'est passé ici ont été soigneusement effacées.

Ceux qui rêvent éveillés ont conscience
de mille choses qui échappent à ceux
qui ne rêvent qu'endormis.

EDGAR ALLAN POE,
« Eléonora »
(in *Histoires grotesques et sérieuses*)

REMERCIEMENTS

Je tiens à remercier le conseil général du Val-de-Marne de son aide précieuse, et tout particulièrement Josiane Herry pour sa patience et son soutien.

Merci également à tous ceux qui m'ont accueilli à Nicosie, à Charles Tordjman pour l'expérience de théâtre vécue là-bas, et à Jean-Pierre Pouget (& toute la famille) pour initier des choses aussi folles.

Des livres naissent de cendres de projets inachevés : en 2006, le ministère des Affaires étrangères m'avait accordé une mission Stendhal à Lisbonne afin de préparer un ouvrage auquel le présent livre doit beaucoup.

Je tiens enfin à remercier les participants des ateliers d'écriture qui – tout au long de ces années – ont fait confiance au pouvoir des mots.

DU MÊME AUTEUR

L'EFFACEMENT DU MONDE, La différence, 2001, Minos 2004

CHAMBRE AVEC GISANT, La différence, 2002

LES GÉOCROISEURS, La différence, 2004

UNE TRÈS TRÈS VILAINE CHOSE, Robert Laffont, 2006

SAGE COMME UNE IMAGE, avec Françoise Pétrovitch, Pérégrines / Le temps qu'il fait, 2006

CELA N'ARRIVERA JAMAIS, Seuil collection Fiction et Cie, 2007

L'ÉCORCE ET LA CHAIR, avec Patricia Cartereau, éditions du Chemin de fer, 2008

NE BOUGE PAS POUPÉE, avec Françoise Pétrovitch et Hervé Plumet, CIAV éditions, 2008

LA NUIT DE LA COMÈTE *suivi de* CE MATIN LA LUNE, éditions Cénomane, 2009

LE LIVRE PARFAIT, avec Pierrick Naud, éditions Circa 1924, 2009

UN MATIN DE GRAND SILENCE, avec Marc Desgrandchamps, éditions du Chemin de fer, 2010

LA FÊTE IMMOBILE, avec Hervé Plumet, Presque Lune éditions, 2010

Composition IGS-CP
Impression : Imprimerie Floch, septembre 2010
Éditions Albin Michel
22, rue Huyghens, 75014 Paris
www.albin-michel.fr
ISBN : 978-2-226-21519-2
N° d'édition : 19176/02 – N° d'impression : 77558
Dépôt légal : août 2010
Imprimé en France.